KB009242

DREAMBOOKS

DREAMBOOKS★

DREAMBOOKS★

DREAMBOOKS ★

완전기억자

강형욱 현대판타지 장편소설

MODERN FANTASY STORY & ADVENTURE

6

dream
books
드림북스

완전기억자 6

초판 1쇄 인쇄 / 2015년 5월 15일
초판 1쇄 발행 / 2015년 5월 22일

지은이 / 강형욱

발행인 / 오영배
책임편집 / 편집부
펴낸 곳 / (주)삼양출판사·드림북스

주소 / 서울시 강북구 도봉로 173
대표 전화 / 02-980-2112 팩스 / 02-983-0660
편집부 전화 / 02-980-2116 팩스 / 02-983-8201
블로그 / blog.naver.com/dreambookss

등록번호 / 제9-00046호
등록일자 / 1999년 3월 11일

ⓒ 강형욱, 2015

값 8,000원

(주)삼양출판사·드림북스의 서면 허락 없이는 어떠한
형태나 수단으로도 이 책의 내용을 이용하지 못합니다.

ISBN 979-11-313-0262-0 (04810) / 979-11-313-0185-2 (세트)

* 지은이와 협의하에 인지는 생략합니다.
* 잘못된 책은 구입한 곳에서 바꾸어 드립니다.

이 도서의 국립중앙도서관 출판시도서목록(CIP)은 서지정보유통지원시스템홈페이지
(http://seoji.nl.go.kr)와 국가자료공동목록시스템(http://www.nl.go.kr/kolisnet)에서
이용하실 수 있습니다. (CIP제어번호: 2015013642)

완전기억자

강형욱 현대판타지 장편소설

MODERN FANTASY STORY & ADVENTURE

6

dream
books
드림북스

목차

Chapter. 01······ 007

Chapter. 02······ 035

Chapter. 03······ 067

Chapter. 04······ 097

Chapter. 05······ 139

Chapter. 06······ 191

Chapter. 07······ 217

Chapter. 08······ 255

Chapter. 09······ 281

Chapter. 10······ 307

Chapter. 01

그 후로도 건형은 정용후 회장과 이야기를 나눴다.

주된 이야기는 아버지에 관한 것이었다.

정용후 회장은 스스럼없이 건형을 손자 대하듯 하며 아버지와 그 사이에 무슨 일이 있었는지 허물없이 털어놓았다.

이야기를 들으며 건형은 아버지에 대한 추억이 샘솟듯 생각났다.

'아버지…….'

그가 기억하는 아버지라고는 두툼한 손에 까끌까끌한 수염, 알코올 냄새를 물씬 풍기는 입 냄새, 며칠째 머리를 안

감았는지 떡이 진 머리카락 정도였다.

그가 어릴 때만 해도 아버지는 되게 가정적이었지만 어느 날을 기점으로 그게 바뀌었다. 그리고 그날 건형은 아버지와 약간 멀어지고 말았다.

더군다나 조급하게 찾아온 사춘기로 인해 아버지와의 심리적 거리는 더욱더 멀어졌다.

그래서였을까.

건형은 그제야 자신에게 가까이 다가오려고 하는 아버지를 매정하게 밀어냈다. 그리고 아버지에게 반항하며 그의 마음을 무시했었다.

그러나 지금 와서는 그 모든 행동들이 후회가 되고 있었다. 그 때문에 정작 학창시절 아버지와의 추억이 몇 개 남아 있지 않았기 때문이다.

"성철이는 정말 좋은 녀석이었어. 의롭고 언제나 위험한 일을 가리지 않고 뛰어들었지. 우리 일의 특성상 위험한 일이 적지 않았는데 그때 성철이하고 지혁이가 항상 힘을 쓰곤 했어."

"그랬군요."

"그래. 그때 많은 사람들이 성철이한테 빚을 한두 개는 졌을 거야. 그건 나도 마찬가지였고. 휴, 지금 와서 생각해 보면 그때 그 일을 확실하게 파악했어야 하는 건데 그러질 못한 게 천추의 한으로 남았지."

그때 그 일이라면 아버지가 뺑소니 사고로 돌아가신 사건을 이야기하는 것이리라.

"당시에 나는 그룹의 힘을 이용해서 그 배후를 철저히 캐낼 생각을 하고 있었어. 그런데 기업 내부에서 그것을 계속해서 만류하고 나섰지. 당시 정부에서 그 일을 묻어 뒀으면 좋겠다고 몇 차례 으름장을 놨거든. 나 혼자라면 어떻게든 하겠지만 이미 태원에는 수만 명이 넘는 사람들이 직원으로 일을 하고 있었지. 그렇다 보니 나도 어쩔 도리가 없었다네."

"괜찮습니다. 이해합니다. 회장님."

원래 지킬 것이 많은 사람들은 그만큼 무언가를 내려놓기 쉽지 않은 법이다.

건형은 정용후 회장을 이해할 수 있었다. 그리고 그가 지금 마음속 깊이 후회하고 있다는 것 또한 느끼는 게 가능했다.

그의 감정이 자신의 감정을 울리고 있었다.

아버지를 그리워하는 그 감정이.

건형은 입술을 깨물었다. 자신도 모르게 목이 메었다.

만약 그날 밝은 얼굴로 아버지를 마중했더라면 어땠을까.

그때도 건형은 아버지를 모른 척 무시했다. 그게 바로 아버지를 본 마지막 날의 기억이었다.

그 이후 건형이 아버지를 다시 본 건 병원 응급실이었으니까.

그리고 아버지의 몸은 싸늘하게 식어 가고 있었다.

"지금이라도 나서야 할 때가 됐어. 이제 이 늙은이가 물러나도 될 만큼 태원은 컸다네. 그리고 우리 손녀도 제 할 몫을 다 해 주고 있지."

지수가 고개를 살짝 끄덕였다.

자신의 실력에 대한 자신감.

그것이 엿보였다.

"자네가 우리 그룹에 들어오면 지수가 전력으로 서포트해 줄 걸세. 영민한 아이니까 여러모로 도움이 될 거야."

"할아버지!"

지수가 놀란 얼굴로 할아버지를 쳐다보며 소리를 질렀다.

"허허, 왜 그러냐?"

"왜 제가 저 남자 밑에서 일해야 하는 거죠? 납득할 수 없어요."

"그러면? 네가 건형 군 위에서 일하려고 했던 게냐?"

"당연하죠. 저는 전략 기획실 제2팀 팀장이라고요!"

"나는 건형 군을 구조조정 본부의 차장으로 앉힐 생각이었는데?"

"뭐라고요? 그 자리는……! 주주들도 허락하지 않을 거예요."

"하하, 별문제가 되지 않을 거야. 그보다 건형 군, 태원 그룹 주식을 얼마나 가지고 있다고?"

정용후 회장 말에 건형은 기억을 되짚었다.

며칠 전 건형은 정용후 회장을 만나러 오기 전 지혁으로부터 몇 가지를 건네받았다.

원래 주인한테 갔어야 할 물건들을 돌려준다면서 지혁이 건형에게 넘긴 건 바로 계약서였다.

주식 양도를 위한 계약서였다.

"형, 이게 뭐예요?"

"너한테 줘야 할 거."

"네? 그런 게 있었어요?"

"언젠가 너한테 줘야지 하고 생각했는데 네 하는 싹수가 노래서 건네줄 생각을 하고 있지 않다가 지금은 넘겨줘도 될 거 같다고 생각이 돼서 넘겨주는 거야."

"그런데 무슨 주식이에요?"

"태원 그룹 주식."

"네?"

"옛날에 정용후 회장님이 형님한테 양도해 준 주식이 있어. 형님이 돌아가시기 전에 내 명의로 돌려놨었는데 이제 그걸 돌려줄 때가 된 거지."

"……그런 게 있었어요?"

"응. 진즉에 돌려주고 싶었는데 네가 흥청망청 쓸까 봐 여태 참고 있었어. 자, 계약서 작성해. 작성하는 대로 태원 그룹에도 알려야 하니까."

결국 건형은 지혁의 재촉에 계약서를 작성할 수밖에 없었다. 그리고 그가 건넨 건 태원의 보통주 2만 주로 그 지분율은 약 0.02% 정도였다.

그러나 거대한 태원 그룹을 놓고 생각해 보면 0.02%가 가지는 그 지분율은 엄청난 것이었다.

건형 같은 사람이 이백오십 명 모이면 의결권을 공동행사할 수 있게 되니 말이다.

또한 지금 태원의 주식이 약 17만 원 정도 하고 있는 상황이었으니 그 주식 2만 주라면 약 34억 원에 달하는 돈이었다.

"증여세는 형이 내는 거죠?"

"그래야지. 그동안 받은 배당금이 얼만데. 이 돈도 줄까?"

"됐어요. 그 돈은 그냥 형이 써요. 어차피 저도 돈 많이 벌고 있으니까요. 형도 돈 많이 들어갈 거 아니에요."

"그래, 고맙다. 어쨌든 이제야 형님에게 진 마음의 빚을 더는 거 같다."

"네? 그게 무슨 말이에요?"

"형님이 항상 나한테 했던 말이 있었어. 혹시 자기가 잘못되면 나보고 형님 가족을 잘 돌봐 달라고 부탁했었거든. 그런데 나는 그러질 못했어."

지혁은 크게 자책하는 듯했다.

아버지의 유언을 지키지 못했다는 것 때문일까.

건형은 그런 지혁을 위로하며 말했다.

"지금이라도 잘해 주고 계시잖아요. 형이 없었으면 앞으로 제가 뭘 해야 했을지 몰랐을 거예요. 아버지도 형한테 무척 고마워하고 계실 거예요."

"휴, 그래 고맙다. 그래도 네 말을 들으니까 마음이 풀린다. 형님도 그렇게 생각해 주길 바라야겠지."

"그럴 거예요. 그보다 조만간 정 회장님을 뵈러 갈 건데……."

"그분, 조심해야 한다. 옛정을 생각해서 너한테 말해 둔 거긴 하지만 그분 욕심이 장난 아니거든. 특히 마음에 든 사람이면 절대 놓치지 않으려고 애쓰지. 성철 형님도 그런 케이스였고."

"흠, 그래요?"

"응. 회장님한테 손녀딸이 있던가?"

"네. 지난번 병문안 갔을 때 병 수발을 들고 있더라고요. 전략 기획실 제2팀 팀장이라고 하던데요?"

"가만히 있어보자. 아, 지수. 그 애가 벌써 이렇게 컸어?"

"아는 사이예요?"

"응. 착하고 예쁘장했던 애야. 그 부친이 죽은 뒤로 말수가 없어지고 일에 매진하게 됐지만 말이야. 하버드 비즈니스 스쿨에서 MBA(경영학 석사 학위) 과정을 차석으로 마친 유능한 인재이기도 하고. 정 회장님이 각별하게 아끼는 장중보옥이기도 하거든."

"건형 군. 무슨 생각을 그렇게 깊게 하나?"

건형은 정용후 회장의 부름에 생각을 마무리했다.

그러다가 문득 마지막으로 지혁이 했던 말이 떠올랐다. 그는 건형에게 의미심장한 미소를 지어 보이며 말했었다.

그 여자를 결코 만만히 보지 말라고 말이다.

"예, 2만 주를 가지고 있습니다."

"결국 이제야 자네 손으로 그게 들어갔군."

"할아버지. 그게 무슨 말이에요? 이 사람이 우리 회사 주주를 가지고 있다고요?"

"그래. 2만 주를 가지고 계신 우리 회사의 주주님이시지. 뭐, 자네가 지금 미국에서 벌어들이고 있는 돈이면 그보다 더 많은 주식을 사들일 수도 있을 테지?"

"그럴 생각은 없습니다. 제가 태원 그룹에서 의결권을 행사할 일은 없을 테니까요."

지수가 입술을 깨물었다.

며칠 전 '김지혁'으로 되어 있던 주주명부를 변경한 적이 있었다. 그리고 새로 등재된 이름이 '박건형'이었다.

그때는 대수롭지 않게 여겼는데 알고 보니 바로 이 사람이 그 2만 주를 양도받은 남자였다.

"그래서 나는 이번에 건형 군한테 구조조정 본부 차장 자리를 맡길 생각이란다."

"할아버지! 그러나 구조조정 본부 본부장 자리는 지금 공석이고 구조조정 본부에는 각 계열사에서 파견 나온 임원분들도 많이 계시잖아요. 그분들께서 불편해하시지 않을까요?"

기존에 구조조정 본부 본부장 자리를 맡고 있던 건 태원 전자의 정찬수 부회장이었다. 그리고 차장 자리를 맡고 있던 게 태원 전자 정인호 사장이었다.

그러나 태원 그룹의 황태자이자 태원 전자의 사장이던 정인호는 구설수로 인해 지금 법정에서 준엄한 법의 심판을 기다리고 있었다.

그룹에서 손을 쓴다면 그의 형량을 줄이거나 아니면 집행유예 정도로 빼내는 것도 가능할 것이다.

하지만 정용후 회장은 그룹 안에서든 밖에서든 일체의 도움을 주지 말 것을 천명했다.

자신의 혈족이라 하더라도 죄를 지었으면 마땅히 그 벌을 받아야 한다는 것 때문이었다.

그로 인해 재계에서는 정용후 회장을 약간 불편한 시선으로 바라보고 있었다.

흙탕물이 가득한 가운데 어느 한 곳만 맑아지려고 정화작용을 시작하면 그게 사방으로 퍼지기보다는 다시 흙탕물로 뒤덮이려고 하게 되니 말이다.

그러나 정용후 회장의 뜻은 결연했다.

다시 새롭게 바뀔 태원 그룹을 위해서라도 반드시 해내

야 한다는 의지가 강했다.

그것 때문에 리폼 코리아 프로젝트를 다시 떠올리기 시작한 것이고 그 책임자로 건형을 염두에 두고 있던 것이었다.

건형의 나이가 어린 것은 중요하지 않았다.

이미 지혁을 통해 정용후 회장은 건형의 능력을 어느 정도 파악했다.

천재적인 두뇌, 탁월한 판단력, 일신을 지킬 수 있는 능력 그리고 막대한 부.

문제는 그가 과연 자신의 뜻대로 순순히 움직여줄까 하는 점.

이미 한평생 살아가기엔 넘칠 정도로 많은 부를 쌓아 뒀다.

이렇게 복잡하고 어려운 세상사에 끼어들려고 할까.

그 점이 우려될 뿐이었다.

"휴, 슬슬 나는 일어나야겠어. 주치의가 찬바람을 자주 쐬는 건 좋지 않다고 하더구먼."

"그러면 다음에 또 뵙겠……."

"자네는 내 손녀하고 조금 더 이야기를 나누게나. 두 사람 사이에 할 이야기가 많은 듯한데 말이야."

"좋아요."

정중히 거절하려고 할 때 정지수가 먼저 냉큼 나섰다.

"후."

건형은 한숨을 길게 내쉬었다.

'이렇게 꽉 막힌 여자하고 쓸데없는 이야기를 나누고 싶은 생각은 없는데…….'

아무래도 빨리 그녀를 정리하고 집으로 돌아가야 할 것 같았다.

지현이 무척 보고 싶었다.

그러나 지수의 생각은 건형과 정반대인 모양이었다.

정 회장이 김 차장과 함께 떠난 뒤 건형과 정지수, 두 명이 단둘이 남았다.

건형을 정지수를 바라봤다.

긴 생머리, 커다란 눈동자, 오똑한 콧날, 새초롬한 입술, 그리고 느껴지는 엄동설한의 추위.

그야말로 얼음공주 아니 얼음여왕이 따로 없는 모습이었다.

그런 그녀가 처음 던진 말은 조금 의외였다.

"술이나 한 잔 할래요?"

그 말에 건형은 조금도 당황하지 않고 고개를 끄덕여보

였다.

"좋죠."

"위스키, 괜찮죠?"

건형은 대답 대신 고개를 끄덕여 보였다.

얼마 지나지 않아 그녀가 손수 위스키 두 잔을 가져왔다.

"뭐가 기호에 맞을지 몰라서 알아서 준비해 왔어요."

그녀가 가져온 건 랜슬럿 37년산이었다.

스트레이트로 잔에 부은 것으로 건형은 단숨에 잔을 들이켰다.

"평소 술을 좋아하시나 보죠?"

"예, 그런 편이에요. 미국에 유학갔을 때 친구들하고 정말 즐겨 마셨거든요."

"그런데도 차석으로 졸업하신 걸 보면 공부를 정말 잘하셨나 보네요."

"호호, 글쎄요. 뭐 그래도 꽤 열심히 노력했으니까요. 덕분에 전략 기획실 제2팀 팀장까지 오를 수 있었고요. 사실 저처럼 어린 팀장을 믿고 따라 주는 팀원들한테 고마울 뿐이죠."

왠지 모르게 가시가 돋힌 듯한 말투다.

건형이 그녀를 슬며시 바라봤다.

그녀가 고혹스러운 미소를 지어 보였다.

"솔직히 말씀드리는 게 편할까요?"

"저야 뭐든 상관없습니다. 경청하죠."

"회장님, 아니 할아버지가 무슨 생각을 하고 계신지 솔직히 저는 잘 모르겠어요. 그리고 생면부지의 남이나 다름없는 당신을 구조조정 본부의 차장으로 임명하려는 것도 그렇고요."

"저를 믿지 못하시는 거군요."

"네, 당연하죠. 아실지 모르겠지만 구조조정 본부에는 법무실, 재무팀, 경영 진단팀, 기획팀 등 여러 조직들로 구성되어 있어요. 그리고 그 각 팀의 팀장은 여러 계열사의 사장님들이나 부사장님들이 맡고 계시고요. 당신이 그분들 위에 설 수 있을 거 같다고 생각하시나요?"

"못 할 게 뭐가 있을까요?"

"고작 퀴즈대회 하나 우승했다고 세상이 전부 당신 껀 아니에요."

그녀의 목소리가 자연스럽게 높아졌다.

건형이 미소를 지으며 말했다.

"제가 어떻게 해 주길 바라죠?"

"지금 당장 할아버지한테 전화해서 아까 전에 받은 제안,

취소하겠다고 해요. 배당금만 받아도 충분할 거 아니에요."

"그깟 배당금이 얼마나 한다고 그러죠?"

"뭐라고요?"

반문하는 지수의 표정은 잔뜩 구겨져 있었다.

그녀도 건형에 대해서 알고 있다.

월스트리트에서 제일 잘 나가는 펀드 매니저.

수많은 금융회사들이 그의 투자기법을 분석하려 했지만 소용없었다는 이야기를 들은 적이 있다.

그리고 월스트리트에서는 그에 대한 일화 중 하나가 내려온다.

주식 투자에 있어서 전문가들이 꺼리는 분야 중 하나가 바로 육류다.

위험 부담이 그만큼 크기 때문이다.

그러나 건형은 남극의 한 빙붕에서 떨어져 나간 거대한 빙산이 남극대륙 만입부에 위치한 한 해협을 지나가는 것을 확인하고 그에 관해 선물 시장에서 10만 주를 사들인다.

그때에만 해도 건형은 어느 정도 인지도가 알려진 상태였고 그가 거래하는 것에 대해서도 많은 사람들이 꽤 알고 있는 상태였다.

그렇지만 건형이 육류를 투자한다는 것에 대해서는 다들

고개를 설레설레 저었다. 건형이 주로 거래하던 전문가도 혀를 내두를 정도였다.

그러나 알고 보니 그것은 모두 계획된 것들이었다.

빙붕에서 떨어져 나간 빙산으로 바닷물의 온도가 낮아졌고 그 때문에 극전선이 붕괴되면서 강력한 태풍이 발생할 확률이 높아졌으며 그로 인해 가장 큰 피해를 볼 지역이 파라과이였기 때문이다.

그를 통해 헤지펀드들이 이익을 실현하려는 틈을 타서 건형은 불과 몇 분 만에 약 이십만 달러에 가까운 이득을 거두게 되고 단숨에 자신의 가치를 증명해 낸다.

단 몇 분.

그 몇 분 만에 이십만 달러를 벌어들인 것이었다.

평범한 직장인이라면 상상조차 할 수 없는 일.

그 이야기는 월스트리트에도 전설로 회자되고 있었다.

그리고 당시 하버드 비즈니스 스쿨에서 MBA 과정을 밟고 있던 지수도 자연스럽게 그 소식을 접하게 됐다.

또한 그 사람이 이십 대에 불과한 동양인이라는 것도 말이다.

그렇지만 그것은 운이 작용한 결과였다.

계획된 일이라고는 추호도 생각하지 않았다.

다른 투자자들의 돈을 끌어들이고자 일종의 사기극을 벌였다고 생각했다.

그리고 오늘 건형을 만나면서 지수는 그 생각을 굳건히 하게 됐다.

'이 남자는 사기꾼이 분명해. 할아버지가 단단히 속고 있는 게 틀림없어.'

둘째 아버지를 옹호하고 싶은 생각은 없었다.

설마하니 둘째 아버지가 그룹의 힘을 이용해서 젊은 연예인들을 상대로 스폰서를 하고 있을 것이라고는 꿈에도 생각하지 못했으니까.

실제로 그 일이 알음알음 밝혀지며 태원 그룹은 여러모로 기업 이미지에 심각한 타격을 입은 상태였다.

만약 그가 태원의 일원이 아니었다면 그룹 이미지를 실추시킨 대가를 뼈저리게 치렀어야 할 수도 있는 일이었다.

하지만 둘째 아버지가 떠나고 이런 사기꾼 같은 사람이 그룹의 중추를 차지한다는 건 도저히 용납할 수 없는 일이었다.

"당신이 양심이 있다면 순순히 물러나요."

"할아버지의 판단을 믿지 못한다는 말인가요?"

"……"

날카로운 질문.

정지수는 잠시 말문을 멈췄다.

여기서 아니라고 하면 그를 쫓아낼 명분이 없어진다.

그렇다고 맞다고 하면?

그러면 할아버지를 무시하는 것이 된다.

아직 할아버지는 정정한 데다가 그룹의 회장이다.

그분을 손녀딸인 자신이 무시할 수는 없는 노릇이다.

'사기꾼인 데다가 영악하기까지 해. 더욱더 용납할 수 없어!'

지수가 목소리를 높였다.

"그건 중요하지 않아요. 호의를 갖고 이야기하면 그것을 받아들이는 게 당연한 거 아니에요? 무엇을 믿고 당신에게 그룹을 맡기라는 거죠?"

"하버드 비즈니스 스쿨에서 MBA 과정을 밟았다고 했죠?"

"네, 맞아요."

지수가 어깨를 으쓱거렸다.

"가만히 있어 보자. 하버드는 갈 수 없으니까 옥스퍼드 대학교로 합시다."

"그게 무슨 말이에요?"

"옥스퍼드 대학교 MBA 과정을 끝내고 오죠. 그러면 인정하겠어요?"

"그게 무슨 말도 안 되는 소리예요!"

옥스퍼드 MBA는 1년 과정이다. 10월 첫째 주에 개강하며 Michaelmas Term, Hillary Term, Trinity Term 이렇게 세 학기로 이루어져 있다.

이 과정을 마친 뒤에는 전략 컨설팅 프로젝트를 수행하거나 또는 논문을 제출하면서 졸업 여부를 결정지을 수 있게 된다.

"지금 일 년 동안 옥스퍼드를 다니면서 MBA 과정을 밟겠다는 거예요?"

"그렇게 못 할 이유가 없죠. 물론 이건 어디까지나 말장난이고."

"지금 말장난이라고 했어요?"

"그렇게 성내지 말아요. 음, 솔직히 말해서 저는 그쪽하고 대화해야 할 이유가 없어요. 정 회장님이 나한테 맡아달라고 한 거니까요. 사실 하기 싫으면 제가 거절하는 거고요. 제가 정 회장님을 도와주려는 건 하나 때문이에요. 이 나라를 바꾸려면 그래도 태원 그룹의 힘이 필요하기 때문이죠."

"좋아요. 마침 그 이야기가 나왔으니까 한번 이야기해 보죠. 리폼 코리아 프로젝트, 도대체 그게 뭐죠? 그걸로 우리나라를 바꿀 수 있다고 믿는 건가요?"

"못 할 게 뭐가 있죠? 불가능은 없다고 하죠. 저는 충분히 가능하리라고 생각해요."

"휴, 순진하기 이를 데 없네요. 그게 가능했다면 진작에 누가 그렇게 했을 거예요. 속 편한 생각하지 말아요."

지수는 고개를 설레설레 저었다.

처음에만 해도 그녀는 건형을 그래도 대단하게 생각했다.

퀴즈쇼에서 우승하고 세계 수학 7대 난제 중 하나를 풀어서 크렐레 저널에 게재하고 월스트리트에서 갓핸드라고 불리며 엄청난 수입을 거둬들이고.

그러나 알고 보니 헛된 망상을 꿈꾸는 철부지 소년이었을 뿐이다.

지수는 자리에서 일어났다.

더 이상 건형과 나눌 이야기는 없었다.

"실례했어요. 먼저 일어나겠어요. 그리고 오늘 일은 반드시 없는 일로 만들 거예요. 할아버지가 무언가 단단히 잘못 생각한 게 틀림없어요."

그녀는 차갑게 굳은 얼굴로 일갈한 다음 발걸음을 돌리려 했다.

그때였다.

건형이 그를 막아섰다.

그리고 입술을 열었다.

그 순간 그의 심장에 자리 잡고 있던 푸른색 기운이 스멀 스멀 올라왔다.

그것이 천천히 건형에게서 그녀를 향해 타고 흘러들어 갔다.

지수는 자신도 모르게 온몸이 딱딱하게 굳어졌다. 사고 회로도 정지했다.

마치 꿈을 꾸는 듯 정신이 몽롱하기 이를 데 없었다.

도대체 무슨 일이 일어나는 걸까.

잠시 뒤, 건형은 기운을 거둬들였다.

어차피 말로 설득할 수 없는 상대였다.

게다가 회장의 혈족이다. 하나뿐인 손녀라고 한다. 첫째 아들은 오래전 세상을 떠났고 둘째 아들은 지금 실형을 살 기 직전이다.

그렇다 보니 건형으로서는 그녀를 자신의 편으로 만들 필요성이 있었다.

아까 전 그녀가 말했던 대로 태원 그룹의 구조조정 본부 에는 막강한 실세들이 몰려 있었다.

원래 구조조정 본부는 정용후 회장을 보좌하며 그룹 전

체를 관리하는 조직으로 가장 막강한 세력을 자랑하는 곳이다.

그 인원수는 얼마 안 되지만 각 부서의 장은 계열사 사장, 부사장, 전무 등으로 이루어져 있을 만큼 임원들이 꽉 잡고 있는 곳이다.

게다가 태원 그룹에서 일한 경력도 엄청나다.

정용후 회장이 건형을 비호하겠지만 그를 구조조정 본부의 차장으로 앉히겠다는 건 여러모로 위험부담이 뒤따르는 일이었다.

만약 건형이 자그마한 실수라도 저지르게 된다면 가차없이 그를 짜르자는 이야기가 나올 테고 그것은 정용후 회장 본인의 입지에도 좋지 않은 영향을 미칠 게 분명했다.

특히 경영 진단 팀장을 맡고 있는 최만식 부사장 같은 경우 경북고와 서울대 공대를 졸업한 엘리트 중의 엘리트로 태원 전자에서 근무하다가 구조조정 본부로 자리를 옮겨 그룹 계열사의 감사를 총괄하고 있었다.

야심이 있고 정략에 능할 뿐 아니라 회장의 신임도 두터운 자로 이들 구조조정 본부 팀장들 중에서는 으뜸이라 손꼽을 수 있었다.

건형이 아마 구조조정 본부 차장이 된다면 제일 먼저 경계해야 할 대상이 될 터였다.

건형은 잡생각을 떨쳐내고 기운을 완전히 갈무리했다.

그리고 지수를 바라봤다.

"왜 저를 그렇게 쳐다보고 있는 거죠?"

"다음에 또 만나죠. 그때가 되면 저에 대한 편견이 많이 없어질 겁니다."

"됐어요."

차가운 바람이 세차게 몰아닥쳤다.

아직 반팔을 입고 다녀도 될 만큼 따뜻한데도 불구하고 이렇게 추운 바람이 부는 걸 보니 그녀의 성정을 익히 짐작할 만했다.

그러나 건형은 아랑곳하지 않고 그녀가 떠나간 자리를 바라봤다.

오래전 건형은 완전기억능력을 각성하고 몇몇 사람들한테 그 사람의 재능을 일깨워 준 적이 있었다.

실제로 레브 엔터테인먼트에 소속되어 있는 몇몇 배우와 아이돌 가수가 그 영향을 받았고 그 밖에도 지난번 퀴즈쇼를 할 때 한 여성 시청자도 영향을 받았다.

그래서 그 여성 시청자 같은 경우 화가로서 이름을 날리며 개인 갤러리를 열 수 있을 만큼 실력을 쌓아가고 있었고 강산은 독톡한 감초 역할을 자랑하는 특급 조연이 되어 있었다.

조만간 주연 역할도 맡을 수 있다고 하던데 기대해볼 만한 일이었다.

그런데 건형은 그 후 이 완전기억능력의 치명적인 점을 하나 더 찾아낼 수 있었다.

처음에만 해도 그는 그것에 대해 잘 알지 못했다.

그러나 자신이 재능을 부여해 준 사람.

강산, 화가로서 발돋움한 그 여성 시청자, 엔젤돌스의 유민영 그리고 지현이까지.

건형은 그들 조합을 생각하며 한 가지 이상한 점을 찾아낼 수 있었다.

자신이 재능을 부여해 준 사람들 같은 경우 자신에게 커다란 호감을 가지고 있었다.

단순히 지현이뿐만 아니라 그때 그 여성 시청자나 엔젤돌스의 유민영도.

틈틈이 자신한테 연락을 해 오며 언제 한번 볼 수 없냐고 이야기를 해 오곤 했다.

물론 이것만으로 그 사람이 자신에게 호감을 품었다고 단정 지을 수는 없는 일이었다.

그렇지만 그가 결정적으로 그것을 알아차리게 된 건 주변 사람의 이야기를 듣고서였다.

평소 까칠하고 도도하기 이를 데 없는 민영이 유독 자신과 통화할 때에만 목소리가 밝아지며 마치 첫사랑에 빠진 애처럼 군다는 걸 플뢰르의 막내 수현한테 들으면서 건형은 무언가 이상하다는 걸 깨달았다.

그가 민영을 구해 준 건 맞다.

그렇다고 해서 그녀가 자신에게 일방적으로 호의를 보일 정도는 아니었다. 그리고 첫사랑에 빠진 소녀가 될 정도는 더욱더 아니었다.

그럼에도 그렇게 행동한다는 것 자체가 약간 이상한 일이었다.

그리고 건형은 자신이 재능을 부여해 준 몇몇 사람들과 지속적으로 만나고 그들과 이야기를 나누며 자신의 가정이 맞다는 걸 알 수 있었다.

자신이 갖고 있는 이 힘이 다른 사람으로 하여금 자신에게 호감을 가지게 만든다는 것을.

남자는 그것이 조금 덜하지만 여자는 그 효과가 꽤 강했다.

마치 페로몬처럼.

'일루미나티가 완전기억능력을 껄끄럽게 여긴 게 이것 때문일지도 모르지.'

혹시 어쩌면 이 완전기억능력이 더 강화될 수 있다면?

그때는 그 사람을 잠시 동안 하수인처럼 부릴 수도 있는 것은 아닐까?

그런 생각까지 한 적이 있는 건형이었다.

물론 확실한 건 아니었다.

그러나 충분히 생각해 볼 만한 여지가 남아 있었다.

'만약 그렇게 된다면? 일루미나티를 상대할 수 있는 힘을 약간이나마 갖출 수 있게 되는 거지.'

강대한 일루미나티를 여러모로 부담스럽게 생각하고 있던 건형에게는 그 무엇보다 가장 강력한 힘이 주어진 것이었다.

바로 다른 사람의 호감을 살 수 있는 능력이.

Chapter. 02

리츠 칼튼 호텔을 떠나 집에 돌아온 건형은 불 꺼진 지현 집을 보고서는 아쉬움을 감추질 못한다.

시간은 어느새 저녁 열한 시가 넘어가고 있었고 지현은 여러 스케줄을 소화해야 하는 아이돌이다 보니 먼저 잠자리에 든 것 같았다.

건형은 차를 주차시킨 다음 집 문을 열고 안으로 들어갔다. 그리고 그는 깜짝 놀랄 수밖에 없었다.

지현이 빨개진 얼굴로 주방에서 자신을 기다리고 있었다.

"야, 너 안 자고 여기서 뭐 하는 거야?"

"오빠. 연락이라도 해 줘야죠. 왜 이렇게 늦게 들어와요."

"그게 할 이야기가 많아지는 바람에⋯⋯."

건형이 말끝을 흐렸다.

정용후 회장과 나눈 대화는 많지 않았다.

오히려 그 이후 정용후 회장의 손녀딸인 정지수와 했던 이야기가 더 길었다.

그렇다고 그걸 곧이곧대로 이야기할 수도 없는 노릇이었다.

또 그 정도로 눈치가 없는 건형도 아니었고.

그러나 여자의 직감은 그 무엇보다 더 날카롭다고 했던가.

지현이 눈을 쌜쭉하게 뜨며 물었다.

"무슨 일 있었죠? 지난번에 말한 그 여자, 왔죠?"

"그게 그러니까⋯⋯."

선의의 거짓말이냐 아니면 진실을 터놓느냐.

건형은 선택의 기로에 섰다.

잠시 뒤 건형이 고개를 끄덕였다.

어차피 알게 될 일이다. 그리고 정용후 회장이 자신 밑에 그녀를 붙여 줘서 그룹을 구조조정하는 데 여러모로 힘을 실어 주리라는 것도 알고 있다.

지현에게도 이 사실은 밝혀 둬야만 했다.

"응. 그 손녀도 같이 나왔더라고."

"거봐요. 그럴 거라고 했잖아요. 그리고 그 여자가 오빠 무시했죠? 그리고 막 화내면서 나갔죠? 혹시 물 뿌린 건 아니죠?"

"응? 그게 무슨 말…… 아니, 그보다 그건 어떻게 알아?"

"드라마에서 많이 봤거든요! 흥."

한국 드라마의 전형적인 레퍼토리대로 흘러가고 있던 것인가?

건형은 씁쓸하게 웃어 보였다.

그러나 때로는 드라마가 현실 같을 때가 있고 어쩔 때는 드라마보다 현실이 더 속 터질 때가 있다.

바로 오늘이 그런 경우다.

은연중에 갖고 있는 계급 의식.

재벌들이나 고위 정치인들이 마음속 어딘가에 품고 있는 생각이다.

민주주의 사회에서 무슨 계급이겠냐고 하겠지만 돈이 많으면 많을수록 그 돈에 따라, 그리고 권력에 따라 계급을 나누게 된다.

또 그것은 종종 언론과의 대화를 통해 본의 아니게 표현될 때가 있다.

오늘 만난 정지수도 그랬다.

대기업 그룹 회장의 손녀답게, 그리고 하버드 비즈니스 스쿨에서 MBA를 전공한 엘리트답게 다른 사람을 은연중에 내리까는 듯한 모습이 있었다.

'모든 재벌 2세나 재벌 3세가 그런 건 아니겠지만……'

그때 지현이 그런 건형을 일깨웠다.

"그 여자 생각해요?"

"아, 아니야. 그럴 리가."

"오빠 기다리다가 지쳐서 와인 한 병 땄는데 괜찮죠?"

건형이 슬쩍 라벨을 쳐다봤다.

샤토 무통 로쉴드 2005년 빈티지.

얼마 전 정용후 회장이 그한테 선물한 와인으로 백화점에서 이백만 원이 넘는 가격에 판매되는 고급 와인이다.

와인 평론가 로버트 파커가 그레이트 빈티지로 극찬했을 정도로 좋은 2005년에 만들어진 포도주로 샤토 무통 로쉴드는 5대 샤토 중 하나이기도 하다.

"맛은 있어?"

"그냥 텁텁해요."

"언제 오픈한 건데?"

"음…… 세 시간쯤 됐을 거예요."

건형은 그녀를 보며 입을 열었다.

"와인이라는 건 쉽게 제 속살을 보이지 않아. 디켄딩이라고 해서 그것을 부드럽게 열어 줄 필요가 있어. 이렇게 말이지."

건형은 천천히 실타래를 풀 듯 디켄팅을 하기 시작했다. 마치 보랏빛 명주실이 천천히 흘러내리며 디켄터 안으로 빨려 들어갔다.

그와 함께 나무 향과 더불어 아이스크림 같이 아주 부드러운 향이 사방으로 퍼졌다.

"자, 이제 마셔 봐."

지현은 건형이 디켄팅한 와인을 조심스럽게 입에 가져갔다. 그리고 천천히 와인을 마시기 시작했다.

그녀의 얼굴이 점점 더 밝아졌다.

그리고 와인을 반쯤 마신 뒤 그녀가 한층 더 풀린 표정으로 물었다.

"어떻게 한 거예요? 아까 전에는 되게 떫고 맛이 없었는데……."

"마법이라고 해야 하나?"

"네? 마법요?"

"널 사랑하는 마음이 그 안에 들어갔나 보네."

"······오빠가 그런 말 하는 거 처음 봐요."

"많이 이상해?"

"평소 내가 아는 오빠하고는 전혀 다른 모습이긴 한데······ 그것도 나쁘지 않아요. 되게 달콤하기도 하고요."

건형은 그 말에 멋쩍게 웃어 보였다.

"그래? 앞으로 자주 해 줘야겠네."

"그러면 저야 좋죠. 요새 민영이가 자꾸 오빠 만나게 해 달라고 수현이한테 조르고 있단 말이에요. 도대체 몇 명이나 꼬신 거예요?"

갑자기 지현이 울상을 지으며 건형을 노려봤다.

건형이 의아한 얼굴로 물었다.

"그게 무슨 말이야?"

"어제 안무 같이 맞추고 있는데 수현이가 갑자기 저한테 와서 민영이가 오빠 좀 만나게 해 달라고 졸랐대요. 오빠가 자꾸 연락을 안 받는다고 하면서 그랬다는데 민영이는 또 언제 꼬신 거예요?"

"꼬시긴 뭘 꼬셔. 내가 그럴 리 없잖아."

"쳇. 매니저 오빠가 남자는 다 늑대라고 그랬어요. 오빠도 남자잖아요."

"아니, 민영이는 아직 미성년자잖아. 그런데 꼬시고 할

게 뭐 있어."

민영이는 올해 열여덟 살이다.

건형과는 여섯 살 차이가 난다.

"아직이라고요? 그러면 이 년 뒤에는 어떻게 될지 모른다는 거네요. 그렇죠?"

오늘따라 지현이가 더욱더 질투를 심하게 부리는 듯했다.

건형은 그녀가 왜 저러는지 알 것 같았다.

아까 전 자신이 정 회장의 손녀를 만나고 온 것 때문이었다. 여전히 그것이 속에 응어리가 진 모양이다.

그러나 빨갛게 볼을 물들인 채 앙탈을 부리는 모습은 정말 예쁘장하기 이를 데 없었다.

자신도 모르게 건형은 지현을 끌어안았다.

가뜩이나 빨갛던 지현의 얼굴이 새빨갛게 달아올랐다.

"오, 오빠."

"걱정하지 마. 내겐 너뿐이니까."

"오빠……."

디켄터에서 흘러나오는 와인 향이 두 사람을 가득 휘감쌌다.

은은한 포도 향에 두 사람 모두 취해 있었고 그 후 서로와 서로 간에 달콤한 입맞춤이 오고 가기 시작했다.

그와 함께 두 사람 사이에서 짙은 사랑이 피어났다.

처음에만 해도 건형은 퍽치기를 당했을 때 세상이 너무 잔인하다고 생각했다.

그 때문에 아르바이트해서 모은 학비가 몽땅 날아갔고 삶이 한순간에 허망해졌으니까.

그러나 그때 그 일로 자신의 삶이 완전히 뒤바뀌었다.

그리고 지금에 이르러서 건형은 그때 그 일이 전화위복이 된 게 아닌가 하는 생각을 하고 있었다.

여전히 어려운 일은 넘쳐날 테고 항상 자신의 앞길을 가로막는 사람들이 생겨날 것이다.

그렇지만 지금 자신의 옆에 안겨 자고 있는 그녀만 있다면 무슨 일이든 잘 헤쳐 나갈 수 있을 거라고 생각됐다.

그만큼 그녀는 자신에게 있어서 가장 소중한 보물 그 자체였다.

이튿날 먼저 잠에서 깬 건 지현이었다.

그녀는 한참 만에야 어젯밤 자신이 무슨 일을 저질렀는지 깨달았다. 그리고 자연스럽게 터져 나온 건 민망함, 부끄러움 같은 감정이었다.

'내가 어제 왜 그랬지.'

밤늦게까지 건형을 기다리며 와인을 마시고 계속해서 투정을 부리고 그러다가 술기운에 입맞춤을 하게 되고 그러고는 침실로 자리를 옮기고.

그녀는 황급히 이리저리 흩뿌려져 있는 옷을 걸쳐입었다. 그리고 휴대폰을 확인했다.

매니저한테 온 부재중 전화가 세 통에 아직 읽지 않은 메시지가 벌써 여섯 건이 넘어가고 있었다.

'도대체 지금이 몇 시야.'

지현은 황급히 시간을 확인했다.

오전 열 시 반.

그녀의 얼굴이 캄캄해졌다.

열 시부터 안무 연습을 하기로 했는데 단단히 늦어 버린 것이다.

그녀는 살며시 방문을 닫고 나와서 김정호한테 전화를 걸었다.

얼마 뒤 김정호가 전화를 받았다.

[지현아. 너 어디야? 어디길래 전화를 그렇게 안 받아?]

"죄송해요. 지금 바로 나갈게요."

[나 지금 너네 집 앞이야. 빨리 나와. 연습 늦은 거 알지? 다른 애들도 다 기다리고 있다고.]

"죄송해요, 오빠. 아, 어젯밤 와인을 마셨다가 늦잠을 자 버려서요. 지금 바로 나갈게요."

그리고 지현은 슬며시 바깥 눈치를 살폈다.

그런데 하필 김정호는 현관문 앞을 지키고 서 있었다. 지현이 나오자마자 단단히 면박을 주려고 하는 모양이었다.

문제는 지금 지현은 자신의 집이 아닌 건형의 집에 있다는 점이다.

지금 이 상황에서 자신이 건형 집에서 걸어 나온다?

공개 연애 중이라고 해도 보는 눈이 한둘이 아니다.

게다가 여기 어딘가 파파라치가 숨어 있을지도 알 수 없는 일.

지현이 발만 동동 구르고 있을 때였다.

그때 건형도 잠에서 깼다.

그리고 건형은 금세 지현이 난처한 상황에 처해 있다는 걸 알게 됐다.

그러나 그것에 앞서 지현은 건형의 얼굴을 제대로 쳐다보지도 못하고 있었다.

어젯밤 일 때문이었다.

"잘 잤어?"

결국 먼저 말을 꺼낸 건 건형이었다.

지현은 부끄러움에 고개를 숙였다.

차마 말을 꺼낼 수 없었다.

언젠가 이런 일이 일어날 건 알고 있었지만 그게 오늘이 될 줄은 몰랐다.

그렇지만 지금 당장 중요한 건 이렇게 서먹서먹한 상태로 멀뚱하게 서 있는 게 아니었다.

김정호 매니저를 만나서 회사로 가야 했다.

이번 정규 3집 앨범을 기대하고 있을 멤버들을 위해서라도 열심히 구슬땀을 흘려가며 안무를 맞춰야만 했다.

결국 지현이 용기를 내고 건형의 얼굴을 쳐다봤다.

그렇지만 그녀 얼굴은 금세 새빨갛게 물들었다.

자꾸 어젯밤 기억이 생생하게 났기 때문이다.

그렇지만 한편으로는 건형에 대한 호감이 더욱더 올라가고 있었다.

그전까지는 서로 사귀는 연인 관계였다면 지금은 누군가에게 넘길 수 없는 내 남자라는 느낌이랄까.

결국 지현은 복잡하고 미묘한 감정에 휩싸인 채 건형에게 물었다.

"지금 바로 회사에 가야 하는데 매니저 오빠가 집 앞에 있어서…… 좋은 방법이 없을까요?"

"그럴 줄 알고 미리 설치해 둔 게 있어."

건형은 지현을 데리고 지하실로 내려갔다. 그리고 난 다음 지하실 한쪽 벽면에 나 있는 문을 열고 안으로 들어갔다.

그 안에는 또 다른 문이 하나 나 있었다.

"이게 뭐예요?"

"이 통로를 지나가면 너네 집으로 갈 수 있어."

"정말이에요?"

"응. 불편하면 자물쇠로 잠궈 두면 돼. 혹시 몰라서 만들어 둔 거야. 만약 누군가 너를 위협하기라도 한다면 이쪽 길로 집 안에 잠입하는 게 훨씬 더 효율적이니까."

"이런 건 대체 언제 만들어 둔 거예요? 아, 아무튼 그 이야기는 나중에 해요!"

"응, 안무 연습 잘하고. 그리고 모레 여행가기로 한 거 알지?"

"어디로 갈 거예요?"

"그건 비밀. 그때 알려 줄게. 지혁이 형이 많이 도와주고 있으니까 걱정하지 않아도 돼."

"알았어요."

그리고 들어가려던 지현은 잠시 발을 멈추더니 건형에게 다가왔다. 그리고 볼에 입맞춤을 살짝 하고서는 재빠르게 사라졌다.

그 모습을 보며 건형은 고개를 설레설레 저었다.

'아무래도 순정 만화를 많이 본 모양이야.'

자신과의 연애가 처음이라고 했으니 그럴 만했다.

뭐든지 풋풋하고 어색하고 수줍을 수밖에 없는 단계다.

여기서 자신이 얼마나 상처를 주지 않고 서로의 관계를 이끌어 나가느냐가 가장 중요할 터.

그러는 한편 복잡하다면 복잡할지도 모를 주변 여자관계도 정리해 둘 필요가 있었다.

아무래도 지현이 그것으로 인해 여러모로 영향을 받고 있는 것 같았기 때문이다.

물론 그녀가 질투하고 그로 인해 앙탈을 부리는 모습이 귀엽긴 했지만 그렇다고 구설수에 휘말려서는 안 됐다.

강해찬 국회의원이나 장형철 보좌관 모두 호시탐탐 자신의 약점이 발견되길 기다리고 있을 터.

그것만은 막아야 했다.

실제로 아버지를 뺑소니 사고로 위장해서 죽인 다음 아버지가 술에 취했다느니 근무를 불성실하게 했다느니 온갖 음해를 하려고 했던 놈들이었다.

충분히 가능성이 있는 이야기였다.

지하실에서 올라온 뒤 건형은 지혁에게 전화를 걸었다.

"형, 지금 바빠요?"

[딱히 바쁘지는 않은데 왜? 무슨 일 있어?]

"태원 그룹에 대해 알아볼 필요가 있어서요. 지금 집으로 가도 돼요?"

[응. 얼마든지.]

"그리고 여행지는 어디로 잡았어요?"

[골드코스트가 괜찮다고 하더라고. 그래서 그쪽으로 잡아 뒀어.]

"골드코스트면 호주요?"

[응. 이미 호텔하고 다 잡아뒀으니까 뭐 할지는 둘이 상의해서 정하면 될 거야.]

"고마워요, 형."

건형은 지혁에게 고마움을 표했다.

지혁이 아니었으면 자신이 여러모로 알아봐야 했을 텐데 그 덕분에 수고로움을 덜 수 있었다.

그리고 지혁을 만나서 태원 그룹에 대한 자료를 건네받은 다음 건형은 비행기 티켓도 함께 챙길 수 있었다.

브리즈번 국제공항으로 가는 직항기의 퍼스트 클래스 티켓 두 장이었다.

"아, 헨리 잭슨 교수는 사정이 생겨서 조금 늦어진다고 하더라고요."

"언제 온다고 하는데?"

"빨라야 일주일은 걸린다고 하던데요. 뭐 저야 잘 됐죠. 아무래도 여기 갔다 오려면 닷새는 걸릴 테니까."

"그러게. 무슨 안 좋은 일 생긴 건 아니고?"

"그건 아닌 거 같아요. 그러면 잘 다녀올게요."

지혁이 고개를 끄덕였다.

"지현이 잘 챙겨. 지현이만 한 여자 없더라. 무슨 뜻인지 알지?"

건형이 고개를 끄덕였다.

그전까지만 해도 이 정도 감정은 아니었지만 시간이 갈수록 그리고 어젯밤 일로 인해 지현과의 감정이 더욱더 깊어지고 있었다.

그에게 지현은 절대 놓칠 수 없는 소중한 인연이었다.

김정호 매니저가 몰고 온 스타크래프트 밴을 타고 가면서 지현은 계속 어젯밤 일을 생각하고 있었다.

이 일을 어떻게 하면 좋나 하는 생각에 연신 고개를 절레절레 젓고 있었다.

백미러로 그 모습을 보며 김정호는 도대체 지현이 무슨 생각을 하고 있는 건지 궁금했다.

"지현아, 무슨 일 있니?"

"네, 네? 아, 아니에요. 아무 일도 없어요."

아직 어려서 그런 건지 아니면 때가 덜 탄 건지 지현은 생각하는 것이 그대로 표정에 드러날 때가 많았다.

물론 김정호는 그 점을 지현의 장점이라고 생각했다.

그만큼 그녀를 자신의 친여동생이라고 생각할 만큼 각별하게 아꼈으니까.

그래서 사장으로부터 그녀가 누군가와 연애한다는 걸 들었을 때에는 피가 거꾸로 솟구치는 기분이었다. 어떤 망할 놈의 놈팡이한테 그렇게 마음이 흔들린 것인지 알아내야만 했다.

그리고 사장이 박건형 이름 세 글자를 말하는 순간 그는 입술을 깨물 수밖에 없었다.

레브 엔터테인먼트의 실질적인 대주주이자 사실상 정명수 사장을 넘어서는 권력을 쥐고 흔드는 사람.

이사 감투를 씌워 놓긴 했지만 레브 엔터테인먼트는 그의 손아귀 안에서 굴러가고 있다고 봐야 했다.

그렇다 보니 정명수 사장도 그를 컨트롤하기 어려워했었

다. 회사의 실질적인 대주주인 데다가 그 때문에 레브 엔터
테인먼트가 기사회생할 수 있었기 때문이다.

'박 이사라면 별수 없지.'

게다가 박건형은 외적으로나 내적으로나 정말 괜찮은 사
람이었다. 실제로 지금은 충무로에서 꽤 인지도 높은 조연
배우로 성장한 강산이나 레브 엔터테인먼트에 있던 다른
소속배우들도 건형을 극찬하다시피 했었다.

때로는 그 극찬이 지나칠 정도라서 조금 꺼려질 때도 있
었지만 어쨌든 이 바닥에서 박건형 정도라면 믿고 맡길 수
있는 남자였다.

'내 친딸은 죽어도 안 되지만.'

원래 아버지 마음이라는 게 다 그런 것이지만.

어쨌든 지금 와서는 지현과 스스럼없이 건형에 대해서도
이야기를 꺼내 놓고 있었다.

"박 이사님하고 무슨 일 있었어?"

"네? 오빠하고요? 아, 아니요. 별일 없었어요."

여전히 말을 더듬는 게 수상쩍었다.

항상 거짓말을 할 때면 지현은 말을 더듬는 버릇이 있었
다.

"무슨 일 있으면 언제든지 이야기해. 알았지?"

"네."

얼마 지나지 않아 지현이 타고 있는 밴이 회사 건물 앞에 도착했다.

아직은 낡은 5층짜리 빌딩.

그러나 레브 엔터테인먼트는 올해 매출을 바탕으로 신사옥으로 이전할 준비를 추진하고 있었다.

그것에는 건형이 자금을 일부 댄 것도 있었다.

어쨌든 빌딩 안으로 총총 걸음을 옮긴 지현은 곧장 지하 1층에 마련되어 있는 연습실로 뛰어갔다. 이미 플뢰르 멤버들은 구슬땀을 흘리면서 안무를 맞춰 보고 있었다.

지현이 멋쩍게 웃으며 우선 멤버들한테 사과부터 건넸다.

수영이 의심쩍은 눈길로 지현을 쳐다보며 물었다.

"여태 단 한 번도 늦은 적이 없던 네가 웬일이야? 머리도 안 감고 그냥 왔네?"

"언니, 늦잠 잤어요?"

"아, 미안해. 그럴 만한 일이 있었어."

"무슨 일요?"

"그게 어젯밤 와인을 마시다가 취해 버려서……."

"갑자기 술은 왜?"

"건형 오빠가 언니 괴롭혔어요?"

"진짜예요?"

순식간에 건형으로 포커스가 옮겨졌다.

멤버들의 성화에 지현이 손사래를 치며 말했다.

"그런 거 아니야. 건형 오빠네 집에서 와인 마신 거야."

"응? 오빠하고 같이요?"

하연이 눈빛을 빛냈다. 지현보다 한 살 어린 하연이 같은 경우 연애 경험이 몇 차례 있었다. 그리고 여자의 촉이 이야기하고 있었다.

무언가 썸씽이 있었다고.

하연이 지현을 쳐다보며 물었다.

"무슨 일이 있었어요?"

수영도 눈을 초롱초롱 빛냈다.

원래 아이돌이라는 게 연애에 있어서 자유롭지 못한 직업이다.

실제로 몇몇 여자 아이돌은 남자친구가 생긴 다음 그룹에서 인기도가 폭삭 가라앉았고 팬들도 우수수 떨어져 나간 적이 있었다.

그렇다 보니 여자 아이돌한테 있어서 연애는 사실상 금기나 다름없었다.

아이돌이 되려고 하는 이유가 뭘까.

화려한 연예계 생활도 있지만 본인만 조심한다면 꽤 많은 돈을 벌어들일 수 있기 때문이다.

물론 대부분의 아이돌은 많은 돈을 벌기는커녕 오히려 적자를 보곤 한다.

그렇지만 유튜브에서 갑자기 그 걸그룹의 안무가 확 인기를 끌면서 순식간에 슈퍼스타가 될 수도 있다.

아니면 꾸준히 노래를 잘 부르면서 좋은 곡을 배정받으면 충분히 시장에서 먹히는 게 가능하다.

그때가 되면 자연스럽게 돈은 굴러 들어오게 된다.

그것을 버리고 연애를 한다고?

또한 청춘남녀가 모여 있으니 서로가 눈이 맞으면 연애를 할 수도 있겠지만 회사에서는 되도록 그런 상황을 만들고자 하지 않는다.

그래서 휴대폰도 가지고 다니지 못하게 하는 경우가 있는 것이다.

"으., 응? 별일 없었어. 오해하지 마."

"네? 오해하지 말라뇨? 뭘 오해하지 말라는 거예요?"

하연이 평소보다 더 집요해졌다.

막내 수현이는 옆에서 귀를 쫑긋 세운 채 언니들이 나누는 대화에 집중하고 있었다.

"아무것도 아니라니까!"

결국 참다 못한 지현이 소리를 빽 질렀다.

"왜 그렇게 화를 내? 걱정되니까 그런 거잖아. 별일 없었으면 됐고."

수영이 지현을 토닥였다. 수영이 그렇게 나서자 졸지에 민망해진 건 지현이었다.

연습 시간에 늦은 것도 모자라서 화까지 냈으니 말이다.

"미안해. 휴, 경황이 없어서."

"괜찮아. 무슨 일인데? 우리가 누구야? 너하고 몇 년 동안 함께 해 온 팀메이트잖아. 안 그래?"

"사실은……."

결국 지현은 달콤한 악마의 유혹에 넘어가고 말았다.

그리고 지현은 어제 일어났던 이야기를 조심스럽게 털어놓고 말았다.

지현이 말을 끝낸 순간 수영은 얼굴이 딱딱하게 굳어졌고 하연은 새빨갛게 얼굴을 붉혔으며 수현은 무척 초조해했다.

셋 다 전혀 상반된 반응에 당황해한 건 지현이었다.

"왜들 그래?"

"언니, 진짜예요?"

"으응."

"……너무해요."

자리를 박차고 나가 버린 건 수현이었다.

수영은 한숨을 길게 내쉬고서는 지현을 쳐다보며 물었다.

"지난번에도 물어봤지만 건형 오빠가 그렇게 좋아?"

"응."

"결혼할 생각이야?"

"글쎄. 아직 잘 모르겠어. 그래도 결혼하고 싶어. 물론 건형 오빠도 나를 그렇게 생각하고 있을지는 모르겠지만……."

"잘 될 거야. 걱정하지 마. 그 남자, 나쁜 남자 같지 않았어."

"고마워. 어휴."

지현은 연습을 하기도 전에 혼백이 온몸에서 빠져나가는 것만 같았다.

그리고 또 수현이 신경 쓰였다. 너무하다고 한 건 무엇이고 갑자기 왜 자리를 박차고 나간 것일까.

아무래도 수현과 이야기를 나눠 봐야 할 것 같았다.

바깥으로 나온 지현은 수현을 찾았다.

수현은 2층 베란다에서 누군가와 통화를 나누고 있었다.

지현이 문을 열고 들어가자 그녀가 황급히 휴대폰을 숨겼다.

"누구야?"

"언니는 몰라도 돼요."

그러나 지현도 눈치는 있다. 누군지 뻔했다.

"엔젤돌스 민영이 맞지?"

"……어떻게 알아요?"

"휴, 민영이가 오빠한테 틈나면 연락하고 있거든. 그래서 겸사겸사 알게 됐어. 매니저 휴대폰을 빼앗아서 연락할 정도라던데? 너도 알고 있었지?"

"네……."

"아까 왜 너무하다고 한 건지 알 수 있을까?"

"민영이도 건형 오빠를 좋아한다고 했어요."

"그래서였어? 친구 때문에?"

수현과 민영은 플뢰르에서 수현과 지현이 만났을 때보다 더 오랜 시간 함께 알고 지낸 친구 사이다.

방금 전 자신이 한 이야기 때문에 수현이 상심했을 수도 있었다.

하룻밤 잠자리가 뭐가 대수냐고 말할 수도 있다.

그러나 수현이 보기에 지현과 건형의 사이는 워낙 단단

해 보여서 전혀 비집고 들어갈 틈이 없어 보였다.

그렇다 보니 혼자 짝사랑을 하게 된 민영이 가엾게 생각될 수밖에 없었다.

그리고 지현도 그런 민영의 마음을 이해했다.

그러나 그건 그거고 이건 이거였다.

또 이 나이 대에는 금방 잊게 되니까.

그렇게 수현을 위로할 수밖에 없었다.

그러나 여전히 수현은 뾰로통해 보였다.

지현 입장에서는 언젠가 풀리겠지, 라고 여길 수밖에 없는 상황이었다.

'그나마 여행을 갔다 오면 조금 나아지려나.'

오늘따라 이틀 뒤 떠나기로 된 여행이 빨리 가고 싶어졌다.

모든 근심을 툴툴 다 털어 버리고 건형과 함께 느긋하게 휴양을 즐기고 싶었다.

이틀이 훌쩍 지났다.

그동안 지현은 회사에 나가서 틈틈이 안무를 익혔다. 그녀가 돌아오면 바로 생방송 무대에 출연이 예정되어 있었다.

그렇다 보니 조금이라도 부지런히 시간을 아껴 둬야 했다.

수현은 계속된 설득에 약간이지만 마음이 풀렸다.

그러나 민영은 요지부동이었다.

짝사랑인데도 저렇게 확고한 경우는 처음 보는 것 같았다.

물론 지현이로서는 알 수 없는 게 하나 있었다.

이미 민영은 건형에게 지배당하고 있는 것이나 다름없는 상태였다.

그것은 건형이 민영에게 능력을 부여해 준 순간 이미 시작된 것이었다. 되돌릴 수 있는 방법이 있을지는 아무도 알 수 없는 일이었다.

어쨌든 지현은 이틀 동안 이 일 때문에 스트레스를 받아야 했다.

경쟁자가 자꾸만 늘어난다는 생각 때문이었다.

엔젤돌스의 민영, 태원 그룹 회장의 손녀 정지수, 그리고 또 얼마나 더 있을지는 알 수 없는 일이었다.

'도대체 무슨 짓을 저지르고 다니는 건지.'

안무 연습 때문에 이틀 동안 무척 바빠서 지현은 건형을 볼 겨를이 없었다.

그것은 건형도 마찬가지였다.

건형은 그동안 지혁과 함께 새로운 계획을 구상 중이었다. 그것에는 태원 그룹의 일도 포함되어 있었다.

준비되면 그때 알아서 전면에 나설 테지만 그 전까지는

최대한 자중하고 있을 생각이었다.

그것에는 강해찬 국회의원 그리고 장형철 보좌관 두 사람의 영향이 컸다.

이들이 태원 그룹에 무슨 해코지를 할지 알 수 없는 일이어서였다.

'하다못해 장형철, 그 사람은 없애야 돼.'

건형은 지혁이 장형철에 대해 조사한 자료를 살폈다.

그에 대한 기록은 정말 조촐했다.

십 대에 미국으로 건너갔고 그곳에서 대학교를 졸업했다.

대학교도 그렇게 유명한 곳은 아니었고 중위권 사립대였다.

그런데 대학교를 졸업하고 난 뒤 그는 무슨 인맥이 있었는지 모르겠지만 한국으로 돌아와서 강해찬 국회의원의 수석 보좌관을 맡았다.

'배후에 누군가 있는 게 분명해.'

그 배후가 누군지는 알지 못하지만 그와 강해찬 국회의원을 연결시켜 준 누군가가 있을 게 뻔했다.

'그리고 그 배후는 강해찬 국회의원이 오랫동안 우리나라 정치계를 주름잡았으면 하는 사람이겠지.'

그것만큼은 확실했다.

그렇지 않고서야 강해찬 국회의원을 여태껏 밀어 줄리는 없는 일이니까.

'사실상 장형철 그자가 강해찬 국회의원의 싱크탱크 역할을 하고 있는 이상 그부터 처리해야 일이 편해질 거야.'

문제는 그게 어렵다는 데 있었다.

지금 건형은 그에 대한 제대로 된 정보가 없었다.

그렇다 보니 그에 대해 약점을 잡아 둔 것도 없었다.

오히려 자신의 약점만 노출했다.

자신이 소중하게 생각하는 가족 어머니와 여동생 그리고 지현이.

이들 한 명, 한 명이 자신의 약점인 셈이다.

한 번도 내색한 적은 없었지만 건형은 여러 차례 불안해 했었다.

만약 가족들이 자신 때문에 해코지를 당하면 어떻게 할지 그것이 염려스러웠기 때문이다.

'그것을 막아내려면…… 내가 더 강해지는 수밖에 없겠지.'

건형은 입술을 깨물었다.

그랬다.

결론은 언제나 하나였다.

자신이 더 강해질 필요가 있었다.

둘 다 어느 정도 국내에서 할 일을 마무리하고 난 뒤 오후 네 시 무렵 그들은 호주로 떠나는 직항기를 타기 위해 인천 국제 공항으로 향했다.

인천 국제 공항에는 이미 일단의 기자들이 나와 있었다.

국내 최고의 걸그룹 아이돌과 그 소속사의 이사이자 월스트리트의 살아 있는 전설이며 퀴즈의 신이기도 한 두 사람이 함께 여행을 갔다 오기로 했다는 건 충분히 이슈거리였다.

건형과 지현이 타고 있는 밴이 공항에 도착했을 무렵에는 이미 수백 명이 넘는 기사들이 공항 주변을 철통같이 감싸고 있는 상태였다.

인명 사고가 날지도 모를 만큼 위험천만한 상황.

김정호가 건형을 쳐다보며 물었다.

"박 이사님, 어떻게 하시겠습니까?"

"제가 알아서 하겠습니다."

건형은 자연스럽게 자신의 기세를 사방으로 흩뿌렸다.

그리고 밴에서 내렸다.

그에게 가까이 다가오려던 기자들은 자신도 모르게 섬뜩한 기분을 느끼며 뒤로 물러섰다.

그 틈을 이용해 건형은 캐리어를 끈 채 지현과 함께 출국장으로 달려 들어갔다.

"놓치면 안 돼!"

"인터뷰 따!"

기자들도 다급한 나머지 건형을 바쁘게 뒤쫓았다.

일대 소란이 일어났다.

"저 두 명이요."

"네, 안으로 들어가시면 됩니다."

이미 공항 관계자한테 연락을 해 둔 상태였다.

옷하고 필요한 몇 가지 물품이 든 대형 캐리어도 전날 맡겨 둔 상황.

두 사람은 공항 직원이 건넨 티켓을 확인받은 다음 곧장 출국장 안으로 들어가는 데 성공했다.

숨 막히는 추격전이었다.

기자들은 뒤늦게 카메라 플래시를 터트려 봤지만 이미 건질 만한 사진은 온데간데없었다.

"이제야 해방이네."

"그러게요."

"그런데 우리가 가는 곳이 호주라고 했죠?"

"응, 골드코스트라는 곳이야. 세계적인 휴양지야. 유럽 사람들이 많이 찾는 곳이기도 하고."

"빨리 갔으면 좋겠어요."

"음, 비행기 타러 가기 전까지는 아직 시간도 꽤 남았는데 뭐할래?"

어느새 몇몇 사람들이 신기한 듯 슬금슬금 다가와서 카메라를 찍어 대고 있었다.

그 말에 지현은 주저 없이 대답했다.

"면세점 구경요!"

"쇼핑?"

"네!"

"……."

건형은 한숨을 길게 내쉬었다.

괜한 이야기를 섣부르게 꺼낸 것 같았다.

이미 한차례 어머니와 여동생한테 당해 보고 또다시 쇼핑을 입에 담다니.

정확히 말하면 쇼핑이 아니라 뭘 할지 물어본 거긴 했지만.

그래도 한숨이 새어 나는 건 어쩔 수 없는 일이었다.

Chapter. 03

인천 국제 공항에 도착한 건 오후 다섯 시였다.

비행기가 출발하는 시간은 저녁 여덟 시.

아직 시간은 여유가 많이 있었다.

우선 보안 검사를 받으면서 두 사람은 출국 심사장으로
향했다.

건형은 심사관에게 여권과 함께 탑승권을 보여줬다.

쓱 건형을 쳐다보던 심사관은 냉정하게 스탬프를 쾅 찍
어 줬다.

그러나 그다음 지현이 가까이 다가와서 여권과 탑승권을

건네자 뭐라 하는 이야기가 들렸다.

건형은 어처구니없는 얼굴로 고개를 절레절레 저었다.

그 심사관이 요구한 건 사인이었다.

자기 아들한테 한 장 주고 싶다면서 사인을 해 줄 수 없냐고 넌지시 물어보고 있었다.

지현은 배시시 웃으며 사인을 해 줬고 그는 부드럽게 도장을 찍어 줬다.

'남녀 차별하는 것도 아니고…….'

그러나 자신의 여자친구가 저렇게 인기가 있다는데 굳이 그것을 꺼릴 이유도 없었다.

그렇게 보안 검사와 출국심사를 모두 마친 뒤 지현이 건형을 이끌고 향한 곳은 바로 면세점이었다.

"뭐 사려고? 육백 달러 이상 구입하면 추가 세금 내야하는 거 알지?"

"칫. 저도 나름 돈 많이 번다고요! 오빠만큼은 아니지만."

"그래도 쓸데없는 과소비는 안 하는 게 낫지 않겠어?"

"그건 그렇지만 꼭 사야 할 게 있어요."

"그게 뭔데? 이미 짐은 미리 붙여 놨었잖아. 별문제 될일은 없을 텐데. 뭐 안 가져온 거 있어?"

"네. 화장품하고 선글라스도 안 가져왔어요. 아침에 서두른다고 하다가 늦어 버려서……."

휴양을 위해 가게 된 여행이다.

그리고 추억을 쌓기 위한 것도 있다.

여행 시작 전부터 잡음을 만들 생각은 없었다.

오늘만큼은 적당히 져 줄 생각이었다.

"그래, 그렇게 하자."

그 뒤 약 한 시간 넘게 건형은 이곳저곳을 돌아다니며 쇼핑에 시달려야 했다.

중간중간 사람들이 카메라를 들고 연신 사진을 찍어 대는 게 느껴졌다.

그러나 건형은 개의치 않았다. 어차피 예상했던 일이었다. 골드코스트에서는 그나마 이런 시선이 조금은 줄어들었으면 하는 바람이었다.

그렇게 커플용 선글라스도 사고 화장품도 사고 하다 보니 시간이 금세 지나갔다.

이제 탑승 시간까지는 한 시간 남짓 남은 상황.

두 사람은 함께 퍼스트 라운지로 들어와서 간단히 요깃거리를 즐기면서 이야기를 나누기 시작했다.

역시 주된 이야기는 이번에 함께 여행하기로 한 골드코

스트라는 곳에 대한 이야기였다.

"우선 브리즈번 국제공항으로 가야 돼. 대략 열 시간 정도 걸릴 거야. 그 후에는 거기에서 다시 비행기를 타고 골드코스트 공항으로 갈 거야. 일단 호텔에 가서 체크인을 한 다음 주변 관광을 하려고."

"그래요? 이미 계획은 다 세워 둔 거예요?"

"그럼."

건형이 고개를 끄덕였다.

지혁의 도움을 받아 차근차근 준비한 여행 일정이다.

닷새 정도 주어진 시간 동안 즐길 수 있는 건 최대한 즐기고 올 생각이었다.

"기대할게요."

지현이 살포시 미소를 지어 보였다.

보조개가 파이며 예쁘장한 웃음이 피어났다.

약 열한 시간의 비행이 끝나고 브리즈번 국제 공항에 도착했을 때에는 어느새 새벽 여섯 시가 다 되어 있었다. 호주와 한국은 시차가 거의 없다고 보면 되지만 계절은 정반대였다.

슬슬 겨울철이 다 되어 가고 있는 한국과 다르게 호주의

11월은 제대로 된 여름 시즌으로 들어가고 있다 보면 된다.

중간중간 흐린 날이 있지만 전체적으로 화창하기 이를 데 없는 날이 반복되는 곳이었다.

그러나 새벽이다 보니 아직 날씨가 조금 쌀쌀했다. 그래서일까. 여행객들 대부분 얇은 옷을 여러 벌 레이드해서 입고 있었다.

건형과 지현은 캐리어를 각자 하나씩 그리고 가방도 하나씩 짊어진 채 골드코스트로 떠날 비행기를 기다리고 있었다.

공항에서 약 한 시간 정도 체류해야 하는 일정.

군데군데 그들처럼 환승용 비행기를 기다리고 있는 사람들이 보였다.

그때 한국인으로 보이는 한 커플이 두 사람에게 가까이 다가왔다.

건형이 의아한 얼굴로 쳐다봤을 때였다.

커플 중 여자가 조심스럽게 입을 열었다.

"저…… 안녕하세요."

"아, 무슨 일이시죠?"

건형이 나서서 물었다.

잠시 멈칫하던 여자가 용기를 내서 입을 열었다.

"박건형 씨 맞으시죠?"

"예, 맞습니다."

"그럼 옆에 계신 분이 이지현 씨 맞나요?"

건형이 지현을 쳐다봤다.

잠시 망설이던 지현이 고개를 끄덕였다.

두 사람 모두 실내인데도 불구하고 선글라스를 끼고 있는 상태였다.

그런데도 이렇게 얼굴에 철면피를 깐 채 왔다는 건 무언가 할 이야기가 있다는 것이었다.

"다른 게 아니라 사인 한 장만 부탁드려도 될까요?"

그녀가 원한 건 사인이었다.

"예, 괜찮아요."

"정말 감사합니다. 여기요."

철두철미하게 준비까지 해 왔는지 남자가 수첩과 볼펜을 하나 건넸다.

수첩을 넘기던 지현이 사인할 만한 장소를 찾을 때였다.

그때 건형 눈에 들어온 게 하나 있었다.

골드코스트에 대한 정보였다.

"골드코스트에 가시나 보죠?"

"아, 그렇습니다."

유독 말투가 쌀쌀하던 건형이다.

당연히 남자가 어려워할 수밖에 없었다.

"잠깐 수첩 좀 볼 수 있을까요?"

"예, 물론입니다."

건형은 수첩을 쓱 훑어봤다. 꼼꼼히 기록해 둔 게 눈에 훤히 보였다. 지현이 옆에서 내심 부러운 눈동자로 수첩을 쳐다보고 있었다.

그러나 건형 입장에서 지현이 부러워하는 건 조금 어처구니없는 일이었다.

왜냐하면 그는 골드코스트 및 그 주변 지역에 대한 모든 여행 정보를 머릿속에 꾹꾹 담아 왔기 때문이다.

그의 머릿속에는 이미 구글 서버가 통째로 들어 있는 것이나 다름없었다.

그런데 그도 모르는 게 하나 수첩에 적혀 있었다.

그것은 다름 아닌 체스 대회였다.

"이 대회는 뭐죠?"

"아, 원래 방콕에서 열리기로 되어 있던 대회인데 개최하기로 한 곳에서 불이 나는 바람에 급히 장소를 옮겼다고 들었습니다. 체스 동호회에서 우연찮게 알게 됐어요."

보아하니 며칠 전에 공고된 내용인 듯했다.

체스 대회는 그들이 골드코스트에 도착하고 4일째 되는 날에 열릴 예정이었다.

참가하는 면면이 하나같이 쟁쟁했다.

세계 체스 대회로 네 명의 부호들이 상금을 내걸었다.

하나같이 세계에서 손꼽히는 부호들로 그들은 대리인을 한 명씩 내세우기로 했고 그 대리인이 참가해서 승부를 겨루는 것이었다.

토너먼트 대결로 모두 세 번의 승부를 겨뤄서 가장 많은 승점을 얻는 선수가 승리하게 되는 것이었다.

이미 부호들 중 한 명은 자신의 대리인을 일찌감치 공표했는데 그는 세계 체스 선수권 대회에서 우승한 경험이 있는 덴마크 국적의 세계 챔피언 마누엘 칼슨이었다.

남은 세 명은 아직 공개되지 않았지만 쟁쟁한 후보들이 등장할 것이란 이야기가 많았다.

'재미있겠네.'

한 번쯤 가서 구경해도 괜찮을 것 같다는 생각이 들었다.

마침 개최하기로 한 곳도 두 사람이 머물기로 한 쉐라톤 미라지 호텔의 야외 부스였다.

그렇게 지현은 수첩에 사인을 해 줬고 건형은 괜찮은 정보를 하나 얻을 수 있었다.

골드코스트 공항에 도착한 뒤 건형은 미리 예약해 뒀던 중형 세단을 한 대 빌렸다. 그리고 캐리어를 싣고 난 다음 예약해 뒀던 쉐라톤 미라지 호텔로 향했다.

체크인을 하고 두 사람이 머물게 된 곳은 바다가 보이는 디럭스 스위트 룸으로 1박에 약 백만 원 정도 하는 초호화 숙소였다.

짐을 풀고 난 뒤 지현은 이곳저곳을 둘러보며 혀를 내둘렀다.

여태 지방으로 공연을 다니면서 불가피하게 그 지방에서 하룻밤 머문 적은 있었지만 이렇게 고급스러운 스위트 룸에 머무르는 건 이번이 처음이었다.

"배고파?"

"음, 약간요."

"그래? 기다려 봐. 룸서비스 좀 부를게."

건형은 능숙하게 전화를 걸어서 룸서비스를 시켰다.

그 모습을 보던 지현이 걱정스러운 얼굴로 물었다.

"만약에 혹시라도 저 길 잃어버리면 어떻게 해요?"

"응? 네가 길을 왜 잃어버려?"

"혹시 하는 상황에 물어보는 거예요. 만약 그러면 어떻게 해야 해요?"

"걱정하지 마. 내가 찾아갈 테니까."

"이 넓은 곳에서 저를 어떻게 찾아요. 백사장에서 바늘 찾는 거하고 다를 바 없잖아요."

"아니. 충분히 찾을 수 있어."

"왜요?"

"그럴 수 있는 이유가 있어."

건형은 차마 속마음을 말할 수 없었다.

'너와 나는 영혼으로 이어지게 됐으니까.'

괜히 지현이 민망해할까 봐서였다.

그러나 그것은 사실이었다.

자신이 지현에게 재능을 불어넣어 준 뒤 건형은 아무리 멀리 떨어져 있더라도 대략적으로나마 그녀가 어느 방향에 있는지 감지할 수가 있었다.

룸서비스로 온 호텔 음식을 먹으며 허기졌던 배를 든든하게 채운 다음 두 사람은 함께 골드코스트를 이리저리 돌아보기 시작했다.

따뜻한 햇살, 광활하게 펼쳐진 바다, 아름다운 백사장.

모든 것이 눈부시게 빛나고 있었다.

"진짜 예뻐요."

게다가 쉐라톤 미라지 주변에는 인공적으로 조성된 호수가 펼쳐져 있었는데 백조가 그 주변을 거닐고 있었다.

저 멀리로는 세계 체스 대회를 위해 설치되고 있는 대형 부스가 보였고 그 너머로는 푸른빛으로 반짝이는 바다가 눈에 들어오고 있었다.

"오빠, 저기로 가 봐요."

지현이 한쪽 방향을 가리켰다.

그곳에는 꽤 많은 수의 사람들이 모여 있었다.

무슨 일이 있는 걸까.

건형과 지현은 그곳으로 발걸음을 바쁘게 옮겼다.

그리고 그곳에 도착한 순간 지현이 탄성을 내며 눈을 초롱초롱 빛냈다.

새파란 바다, 하얀색 거품을 내며 백사장과 맞부딪쳐 부서지는 파도를 배경으로 한 쌍의 부부가 화보를 촬영하고 있었다.

신혼여행을 와서 화보를 촬영하는 것인지 아니면 광고용 촬영인지는 알 수 없지만 두 사람의 분위기는 그야말로 장관이었다.

행복한 기운이 그대로 물씬 느껴지고 있었다.

그때 지현이 쥐고 있던 건형의 손을 꽉 붙잡았다.

건형은 지현을 바라봤다.

그녀는 행복한 얼굴을 한 채 건형을 마주 보고 있었다.

"부러워?"

건형이 그들을 가리켰다.

까만색 턱시도를 입고 있는 신랑과 하얀색 드레스를 입고 있는 신부.

지금은 세상의 그 어떤 누구보다 가장 행복해하고 있을 커플일 터였다.

"네, 많이 부러워요."

"부러울 게 뭐 있어. 너 옆에는 내가 있잖아."

"치, 오빠는 바람둥이잖아요. 주변에 얼마나 여자가 끊이질 않으면 제가 이렇게 안심을 못 하겠어요."

"아까 전 너한테 사인 받아 간 커플 못 봤어? 나보다 너가 더 인기가 많아. 오히려 불안해해야 하는 건 나인데?"

그리고 실제로 그것 때문에 건형은 몇 번 사고를 친 적이 있었다.

지현의 선배 가수도 그렇고 한 아이돌 그룹의 리더도 그렇고.

잘못해서 입을 놀리거나 손을 써서 호되게 응징을 당한 경우였다.

물론 지현은 그 사실을 모르고 있었지만.

"치, 이제 다른 데도 가 봐요."

"그래. 어디로 갈까?"

"저는 여기 지리에 대해서 하나도 모른다고요! 오빠가 다 준비해 왔다면서요."

"음, 나는 지금 이렇게 함께 있는 시간이 가장 행복한데. 그러면 우리 공원이나 갔다 올까? 저녁은 근처 차이나 타운에서 해결하기로 하고."

"그렇게 해요."

공원은 쉐라톤 미라지 호텔에서 멀지 않은 곳에 위치해 있었다.

꽤 많은 관광객들이 공원을 돌아다니며 야자수를 보고 아름다운 꽃들을 감상하고 있었다.

특이하게도 이 공원은 엄청나게 넓은 부지 위에 관람차, 인공 해변, 놀이터, 피크닉 장소, 작은 열대 우림 등을 조성해 둔 곳이었다.

산책로를 따라 걷다 보니 인공 해변에서 수영을 즐기는 사람들이 눈에 들어왔다.

새벽이나 밤에는 쌀쌀한 대신 낮에는 따뜻하다 보니 꽤 많은 사람들이 수영을 즐기로 나온 듯했다.

"나중에 우리도 수영 같이 하자."

"정말요?"

"응. 그리고 여기 골드코스트에서 가장 유명한 게 서핑이거든. 가능하면 같이 파도도 타 보자. 내가 도와줄 테니까."

"위험하지 않을까요?"

"걱정하지 않아도 돼."

두 사람은 수영복을 준비해 오지 않았기 때문에 인공 해변을 지나쳐서 다리를 건넜다.

맞은편에는 웅장하고 예스러운 건물이 하나 자리 잡고 있었다.

"이 건물은 뭐예요?"

"아마 카지노일 거야."

지현은 색다른 얼굴로 건물을 올려다봤다.

겉으로 보기에는 무슨 박물관 같아 보이는 건물이 카지노라고 하니 신기한 모양이었다.

"안에 들어가 볼까?"

"네. 카지노는 한 번도 안 가 봐서 궁금했어요."

"그래. 들어가 보자."

건형은 지현의 손을 마주 잡고 카지노 안으로 향했다.

호텔 안에 마련되어 있는 카지노는 이미 수많은 사람들로 발 디딜 틈이 없을 정도였다.

"같이 할까?"

"음, 저는 규칙도 잘 모르는데요?"

"내가 알려주면 되지. 블랙잭부터 시작해 보자. 그게 가장 기본이 되는 게임이니까."

건형은 가지고 있던 돈을 칩으로 교환한 다음 마침 두 자리가 비어 있는 블랙잭 테이블에 앉았다.

터번을 두르고 있는 한 중년인이 웃으며 인사를 건네왔다.

"어서 오시오. 커플이신가?"

"그렇습니다."

"함께 즐겨 봅시다."

건형은 웃음으로 대답을 대신했다.

그리고 본격적으로 판이 시작됐다.

블랙잭은 카드의 합이 21점 또는 21점에 가장 가까운 사람이 이기는 게임이다.

도박성이 가장 강한 게임 중 하나이기도 하다.

건형과 지현이 앉자 딜러 맞은편에는 7명이 모두 꽉 차게 됐다.

최소 배팅액은 10달러.

딜러가 카드를 한 장씩 왼쪽에 앉아 있는 사람부터 돌리기 시작했다.

지현이 받은 카드는 에이스, A였고 건형이 받은 카드는 숫자 7이었다.

그리고 딜러는 자신에게도 카드를 한 장 올려 뒀다. 딜러의 카드는 공개하지 않고 덮어 뒀다.

그 후 딜러는 계속해서 두 번째 카드를 나눠주기 시작했다.

지현에게 붙은 건 숫자 7, 건형이 받은 건 숫자 4였다.

블랙잭은 숫자를 21에 맞춰야만 한다.

딜러는 자신의 카드를 보이지 않게 뒤집어 놓았다.

그리고 딜러가 참가자들을 쳐다보며 물어보기 시작했다.

지현에게도 차례가 왔다.

"히트 올 스탠드?"

지현이 건형을 슬며시 쳐다봤다.

블랙잭 규칙을 잘 알지 못하는 지현이다.

건형에게 의존할 수밖에 없었다.

"히트."

딜러가 카드를 추가로 배분했다.

숫자 10이다.

이제 지현은 18 혹은 27 둘 중 하나로 계산할 수 있게 됐다.

여기서 27은 버스트가 됨으로 18로 계산하는 게 편할 터였다.

이제 다음 차례는 건형이었다.

건형의 숫자 총합은 현재 11이었다.

여기서 10이 들어오면 블랙잭이 되는 것.

딜러가 카드를 나눴다.

숫자 9.

아쉽게도 블랙잭이 되진 못했지만 그래도 20이라는 21에 가장 근접한 숫자가 나왔다.

그리고 딜러는 자신이 두 번째로 받은 카드의 앞면을 공개했다.

숫자 6.

그 후로도 딜러는 계속해서 카드를 배분했다.

몇몇 사람들은 히트를 하거나 스플릿을 하면서 카드를

나누기도 했다.

그러나 대부분 버스트가 나고 말았고 남은 플레이어는 건형과 지현, 그리고 터번을 쓰고 있는 아랍계 남성 세 명뿐이었다.

그리고 딜러는 자신이 카드를 한 장 더 가졌다.

그가 공개한 카드는 숫자 7, 그리고 새롭게 가져간 카드는 숫자 8이었다.

블랙잭.

21을 만든 것이다.

딜러는 천연덕스럽게 웃으며 배팅액을 전부 다 회수해 갔다.

건형이 그 모습을 보며 피식 미소를 흘렸다.

왠지 그 모습이 자신에게 도전하는 것 같다고 생각된 것이다.

'내가 마음만 먹으면 이 카지노 오늘 매출 다 먹는 것도 문제없는 일인데 말이야.'

물론 그럴 생각은 없었다.

어디까지나 건형은 지현과 휴양차 즐기러 온 것이지 카지노를 털러 온 게 아니었다.

이미 돈은 평생 쓰고도 남을 만큼 쌓여 있었고 여기 카지노에서 푼돈을 챙긴다고 해서 자신한테 돌아올 돈은 없었다.

그 대신 건형은 지현을 재미있게 해 줘야 할 것 같다고 생각했다.

그리고 그는 자신의 카드를 신경 쓰기보다는 지현에게 조금 더 신경을 쓰기 시작했다.

처음에만 해도 감을 잡지 못하던 지현은 건형의 도움을 받아 차근차근 배팅을 해 나갔다.

'숫자 21을 만드는 게임이라고 생각하면 돼. 그리고 에이스 카드와 6 이하의 카드가 함께 나오면 힛을 하는 게 좋아. 한 장을 더 받더라도 버스트 될 위험이 상대적으로 적거든.'

'너무 어려워요.'

지현이 귓속말로 대답했다.

그 모습을 보며 건형은 친절하게 도움을 줘 가며 블랙잭을 계속 진행했다.

그리고 기회가 찾아왔다.

다섯 번째로 배팅이 진행됐을 때 지현이 블랙잭을 터트렸다.

"위너 위너 치킨 디너!"

건형히 환하게 웃으며 소리쳤다.

그 모습에 다른 플레이어들도 미소를 지어 보이며 외쳤다.

중국인 딜러 비니언이 처음으로 만들어 낸 말로 블랙잭을 했을 때 외치는 말이다.

지현도 함박웃음을 지었다.

그 후로도 게임은 계속 이어졌다.

건형은 지현이 돈을 잃지 않고 약간씩 딸 수 있도록 그녀를 서포트하며 자신도 게임을 즐기기 시작했다.

그 덕분에 지현은 조금씩 칩을 쌓아 가고 있었다.

"재미있어?"

"네! 그런데 이거 원래 이렇게 쉬운 게임이에요?"

건형은 고개를 설레설레 저었다.

"그럴 리가. 그래도 잃는 것보다는 따는 게 더 즐겁잖아. 그래서 내가 적당히 손을 쓰고 있지. 하하."

"오빠가 손을 쓰고 있다고요? 그게 무슨 말이에요?"

"카드 카운팅이라고 해서 무슨 카드가 나올지 그 경우의 수를 전부 다 따져 보는 거야. 영화에도 종종 나오곤 했는데 몰랐어?"

"아, 몇 년 전에 개봉한 할리우드 영화에서 본 거 같아요. 그런데 그거 하려면 되게 머리 좋아야 하는 걸로 아는데…… 오빠라면 가능하겠네요."

지현은 건형의 능력에 대해 알고 있었다.

완전기억능력이라고 했던가.

자신이 보는 건 무엇이든 기억할 수 있고 또 그 기억을 바탕으로 해서 트리거 포인트를 이용해 조합도 가능한 능력.

머릿속에 슈퍼 컴퓨터 한 대가 들어 있다고 해야 할까.

정말 경이적인 능력이었다.

그렇다 보니 건형이 카드 카운팅을 한다는 말에도 그게 족히 이해가 갔다.

그러나 카드 카운팅을 하더라도 그 확률은 대단히 복잡할 뿐 아니라 최근에는 이 방법도 통하지 않고 있었다.

도박꾼들이 카드 카운팅을 이용해서 블랙잭을 한다는 것 때문에 대부분의 카지노 회사들은 줄어드는 카드를 보충해 자동으로 섞어 주는 기계를 도입했기 때문이었다.

그러나 이곳 쥬피터 카지노는 그 기계가 아직 도입되지 않은 건지 아니면 망가진 건지 모르겠지만 딜러가 손수 카드를 섞어서 슬롯에 꽂고 있었다.

그렇다 보니 카드 카운팅 기술이 통할 가능성이 더 높아진 것이었다.

어쨌든 몇 푼 안 가지고 시작했던 지현은 꽤 돈을 벌었다.

그래 봤자 푼돈에 불과했지만 재미 삼아 했던 것치고는 즐겁게 웃을 수 있는 게임이었다.

슬슬 건형이 자리에서 일어날 준비를 했다.

이쯤에서 숙소로 돌아가야 할 것 같았다.

퍼스트 클래스 좌석에서 잠을 푹 잤다고는 하지만 몸의 피로가 덜 풀린 상태였다.

숙소로 돌아가서 조금 더 잠을 보충한 다음 관광지를 돌아다녀 볼 생각이었다.

내일 예정해 두고 있던 곳은 그레이트 배리어 리프로 호주의 북동쪽 해안에 있는 다양하고 아름다운 산호초 지역이었다.

세계 최대의 산호초 지대로 유네스코 세계유산에도 등재된 곳이었다.

내일 건형은 지현과 함께 해밀턴 아일랜드로 가서 관광과 휴양을 동시에 즐길 생각이었다.

요트를 타고 먼 바다로 나가 스노클링을 통해 바닷속도

구경하고 신선한 해산물 요리도 맛보기로 되어 있었다.

지혁이 전부 다 예약해 준 일정으로 요트도 이미 빌려둔 상태였다.

그때였다.

같이 테이블에서 블랙잭을 즐기던 아랍인이 건형을 불러 세웠다.

"잠시 이야기 좀 나눌 수 있겠소?"

"무슨 일이십니까?"

"다른 게 아니라 아까 전 테이블에서 일부러 배팅액을 낮춰서 하던데 특별한 이유라도 있는 것이오?"

"돈을 따러 온 게 아니기 때문이죠."

"하하. 카드 카운팅을 쓰던데 그게 카지노에서 금지된 행위인 걸 알지 않소."

"그래도 소액이니 크게 문제 삼진 않을 겁니다."

"내가 만약 이 카지노의 주인이라면?"

"정말입니까?"

"그렇소. 그냥 심심풀이로 한번 카지노를 즐기러 왔다가 신기한 광경을 목격해서 호기심을 갖고 있었소. 무례가 되었다면 용서해 주길 바라오."

과장된 행동에 건형은 고개를 저었다.

"괜찮습니다."

"처음에는 옆에 계신 아리따운 분한테 눈길이 갔는데 당신이야말로 빛나는 보석이더군. 어디서 왔는지 알려 줄 수 있겠소?"

"한국에서 왔습니다."

"아, 한국. 그렇군. 귀국하는 날짜가 언제요?"

"우선 이유부터 알려주셔야 할 거 같습니다."

"음, 경계하지 마시오. 사실은 모레 쉐라톤 미라지에서 체스 대회가 열린다오."

"알고 있습니다."

"나도 그 대회에 참가하는 사람 중 한 명이오. 아, 직접 참가하는 건 아니고 대리인 자격으로 참가할 것이오."

건형이 아랍인을 쳐다봤다.

체스 대회에 부호 네 명이 대리인을 내세워서 참가한다더니 그들 중 한 명인 모양이었다.

"이미 대리인은 다 구해졌다고 들었습니다."

"유럽의 앤드류 백작은 이미 대리인을 구하긴 했소. 다른 사람들도 마찬가지. 물론 나도 대리인을 구하긴 했는데 며칠 전 그가 급한 일이 생겨서 못 오게 됐다고 이야기를 해 온 터라 다른 사람을 찾고 있었네. 그리고 오늘 기분을 환기하고자 카지노에 들렀는데 그대를 보게 된 것이고."

"세계 체스 선수권 대회에서 우승한 마누엘 칼슨이 대리인으로 참가한다고 들었습니다. 제가 그를 이길 수 있을 거라고 보시는 겁니까?"

"도박이라고 보시오? 내 눈은 여태 한 번도 틀린 적이 없다오."

아무래도 조금 더 이야기를 나눠 봐야 할 것 같았다.

체스 대회에 나가는 건 사실 생각해 본 적이 없었다.

그렇지만 흥미가 가는 건 사실이었다.

세계에서 손꼽히는 체스 강자들이 모두 몰려들 것이다.

그들을 상대로 승리를 거머쥔다는 건 여러모로 짜릿한 일이 될 터.

세계적인 수준의 체스 플레이어들과 머리 싸움을 하는 건 건형에게 있어서 지적 만족감을 가져다줄 일이 될 터였다.

이를테면 그가 바둑 사이트에 들어가서 바둑을 뒀던 것처럼.

그것을 통해 새로운 자신의 능력을 자각하게 될 수 있을지도 몰랐다.

"그에 대해 이야기를 듣고 싶습니다."

"좋아. 훌륭한 결정일세. 그러면 자리를 옮기지."

지현의 칩을 모두 바꾼 다음 건형은 그의 뒤를 쫓았다.

그가 머무르고 있는 주피터 카지노 호텔의 로얄 스위트 룸으로 이 호텔 꼭대기에 위치해 있었다.

방 안으로 들어선 다음 건형과 지현이 쇼파에 앉았다.

아랍인이 정식으로 자신을 소개했다.

"반갑네. 나는 사우디아라비아의 왕자 알 왈리드 빈 탈랄 빈 압둘아지드 알사우드일세."

"박건형이라고 합니다."

"내 이름을 듣고도 놀라지 않는군. 나를 알고 있었나?"

"예."

이미 건형은 그의 정체를 짐작하고 있었다.

올해의 아랍인 1위에 꼽힌 인물로 전 세계적으로 두루두루 영향력을 가지고 있는 사람이 바로 그다.

그가 이번 체스 대회에 참가했다는 게 조금 의아하긴 했지만 그는 사우디 투자 회사인 킹덤홀딩스의 회장이기도 했다.

아마도 이번 체스 대회 또한 그 투자의 일환인 모양이었다.

"이번 체스 대회는 여러 나라에서 생중계될 것이네. 내

로라하는 체스 선수들이 겨루는 축제가 될 것이고. 그리고 이번 대회에서 우승한 사람은 슈퍼 컴퓨터와 최종전을 치를 것이네."

"슈퍼 컴퓨터요?"

"그러네. 동양의 장기나 바둑은 아직 인간을 이길 수 없다고 하지? 그러나 체스는 인간이 컴퓨터를 이기는 게 쉽지 않다네. 나는 그 편견을 깨고자 했네. 그래서 이번 대회를 개최하고 싶었고. 하하, 놀라지 말게. 체스 대회를 연 건 내가 평소 체스를 즐겨 하기 때문이라네. 머리를 회전하는데 있어서 체스만큼 좋은 게임도 없지."

"그런데 저에 대해 아무것도 모르시면서 저를 참가시켜도 되겠습니까?"

"내가 자네를 모른다고? 아니지. 크렐레 저널에 리만 가설을 증명한 게 바로 자네 아닌가. 이 시대 최고의 지성인인 헨리 잭슨 교수가 극찬한 인재가 바로 자네라는 걸 진즉에 알고 있었다네."

건형은 자신이 잘못 생각했다는 걸 깨달았다. 곰곰이 따져보니 그가 자신을 모르는데도 이런 자리에 초청했다는 것 자체가 이상한 일이었다.

"어쨌든 잘 부탁하네. 자네가 이번 대회에서 우승한다면

후한 대가를 지급할 것을 약속하지."

"그럼 이틀 뒤에 뵙겠습니다."

"무엇을 그렇게 급히 서두르나. 그런데 자네, 일루미나티하고는 어떤 관계인가?"

사우디의 왕자 알 왈리드가 일루미나티를 입에 담았다.

건형이 의심스러운 눈초리로 그를 바라봤다.

긴장감이 방 안을 가득 메우고 있었다.

Chapter. 04

알 왈리드 왕자는 건형의 날카로운 반응에도 웃으며 입을 열었다.

"오해하지 말게. 나는 일루미나티와 관계가 썩 좋지 않아. 그 녀석들은 순 억지에 제정신이 아닌 녀석들이거든. 그리고 백인우월주의에 빠져 있는 멍청한 인종 차별자들이야. 그런데 얼마 전 일루미나티가 누군가와 마찰을 빚었다는 이야기가 들리더군. 그래서 한번 알아보게 했는데 신기한 소문을 접할 수 있었지. 일루미나티에서 그를 극도로 경계한다는 내용이었어. 또 포토그래픽 메모리라는 이야기도 나왔고."

포토그래픽 메모리.

다르게 말하면 완전기억능력을 뜻한다.

건형의 완전기억능력은 포토그래픽 메모리보다 훨씬 더 월등한 능력이지만 여기서 굳이 그 차이를 구별할 필요는 없었다.

어쨌든 알 왈리드 왕자는 차분하게 말을 이었다.

"그래서 그에 대한 숨은 이야기를 알아보게 했지. 그런데 영악하게도 일루미나티에서 웬만한 정보는 죄다 막아버렸더군. 아니면 아예 그 내용 자체를 소거해버리든가. 그렇다 보니 그 포토그래픽 메모리에 대해 알아내는 게 조금 늦었지."

건형도 일루미나티가 자신을 경계한다는 것을 알게 되고 또 그들이 자신의 미래에 대해 언급했을 때 과거에 그와 비슷한 일이 일어났다는 것을 어렴풋이 알 수 있었다.

그래서 그와 관련이 있는 정보를 모두 다 검색해 보기 시작했다.

하지만 어떻게 된 일인지 그에 관한 정보는 그 어떤 것도 찾아볼 수가 없었다.

세계 곳곳에 수소문을 해 봤지만 모든 것은 철저하게 함구되어 있었다.

결국 건형은 원하는 뜻을 이루질 못했다.

그런데 알 왈리드 왕자가 그 점을 언급한 것이었다.

"자네도 그 정보를 찾아다녔던 모양이군. 많이 어려웠을 거야. 세상에 돈으로 해결되지 않는 일은 없다고 생각했는데 그렇지 않은 경우도 있더군."

알 왈리드 왕자가 말하는 것, 건형도 그것에 대해 십분 공감할 수 있었다.

사실 그 역시 수단과 방법을 가리지 않고 찾아 봤지만 관련 정보를 도저히 찾아낼 수 없었기 때문이었다.

처음에는 자신이 잘못된 것을 찾나 생각했지만 그게 아니었다.

확실히 그 정보는 존재했지만 존재하지 않고 있었다.

일루미나티가 의도적으로 그 정보를 감춰 둔 것이었다.

건형은 알 왈리드 왕자를 쳐다보며 물었다.

"관련 정보를 가지고 계십니까?"

"물론이네. 우리 정보원들이 부지런히 움직여서 모은 정보들이지. 탐이 나나?"

알 왈리드 왕자는 하얀 이를 드러내며 웃어 보였다.

건형이 그를 바라보며 물었다.

"원하는 게 있으십니까?"

"우선 이번 체스 대회에서 우승해 주게. 이번 체스 대회는 내 이름이 걸린 경기다 보니 꼭 내 대리인이 우승해 줬으면 해서 말이야."

"그 정도는 어렵지 않습니다."

"그리고 슈퍼 컴퓨터를 상대로도 이겨 주게. 그 사람이 내 대리인이었다는 게 알려진다면 여러모로 기쁠 거야."

"그것뿐입니까?"

알 왈리드 왕자가 고개를 저었다.

"그것은 축제를 위한 여흥에 불과할 뿐이야. 주된 건 따로 있지."

"일루미나티가 목적이십니까?"

"언젠가 그들은 나와 부딪칠 수밖에 없어. 그때가 되면 자네 같은 사람은 내게 귀중한 아군이 되어 줄 거야. 그러나 그전에 나는 자네의 신뢰를 갖고 싶네."

"신뢰를 갖고 싶다는 건 파트너가 되고 싶다는 의미시군요."

"아닐세. 파트너가 아닌 친구. 친구가 되고 싶네."

그와 알 왈리드 왕자의 나이는 마흔 가까이 차이가 난다.

그럼에도 그가 이렇게 나선다는 건 일루미나티를 정말

껄끄럽게 생각하고 있다는 것이다.

"동방의 현인을 친구로 두게 되는 일인데 나이 차이가 무슨 상관이겠나?"

털털하게 웃으며 말하는 그 모습에 건형은 고개를 끄덕여 보였다.

"좋습니다. 한번 그 신뢰를 쌓아 보도록 하죠."

쥬피터 카지노 호텔을 나오며 지현이 건형에게 물었다.

"괜찮겠어요?"

"응? 아, 별일 없을 거야. 그런데 하루를 체스 대회에 써야 하게 생겼으니 조금 미안하게 됐네."

"그건 상관없어요. 사실 오빠가 진짜 그 대회에서 우승할지 궁금한걸요."

"그래? 반드시 이겨야지."

잠시 고민하던 지현이 조심스러운 목소리로 물었다.

"일루미나티라고 했죠? 굳이 그들하고 대립해야 하는 이유가 있어요?"

"그들은 나를 상당히 껄끄럽게 생각하고 있거든. 내가 퍽치기를 당하면서 얻은 이 능력 때문일 거야."

완전기억능력.

일루미나티는 이 능력을 대단히 성가시고 또 불편하게 생각하고 있었다.

건형이 이 능력을 잃어버린 게 확실시되지 않는 이상 그들과 대립각을 세우는 건 어쩔 수 없는 일이었다.

가끔 건형은 그런 생각을 하기도 했다.

차라리 이 능력이 사라지게 됐으면 어떨까 하는 생각.

지금 이대로 지현과 둘이서 알콩달콩 행복하게 살 수 있다면 그게 더 나을지도 몰랐다.

그렇지만 이 능력이 있는 이상 건형은 자신의 능력이 닿을 때까지 최선을 다할 생각이었다.

그리고 그 최선을 다한다는 건 자신의 능력을 올바른 곳에 사용한다는 것을 의미했다.

그러기 위해서 건형은 누군가 알아주지 않더라도 묵묵히 사회의 뒷면을 위해 움직일 각오를 하고 있었다.

그것이 바로 아버지의 유언이었기 때문이다.

"괜찮아. 걱정하지 않아도 돼."

두 사람은 쥬피터 카지노 호텔에서 나와서 다시 쉐라톤 미라지 호텔로 돌아갈 준비를 서둘렀다.

슬슬 시간이 지나서 노을이 지고 있었다.

저 멀리 바다 너머 태양이 서서히 자취를 감추는 모습이 눈에 들어왔다.

지현은 그 아름다운 광경을 보며 자신도 모르게 탄성을 냈다.

"오빠, 우리 해변으로 걸어가면 안 돼요?"

"안 될 게 뭐 있어. 천천히 걸어가자. 여기는 우리를 알아보는 사람이 드무니까."

두 사람은 선글라스를 벗고 해변가를 향해 걸었다.

발가락 끝에 닿는 모래알갱이가 가득 느껴졌다.

그때 저 멀리 사람들이 웅성거리는 소리가 들렸다.

한참 앞선 곳에 수많은 사람들이 모여 무언가를 구경하고 있었다.

"무슨 이벤트 같은 게 열렸나 본데?"

"우리 가 봐요!"

"응? 가 볼까?"

"네, 뭐 하는지 궁금해요."

지현은 건형과 함께 빠르게 달려가기 시작했다.

그리고 그곳에 도착한 순간 지현이 당황한 얼굴로 입을 벌렸다.

"너, 너가 왜 여기에……."

"지현아!"

한창 화보 촬영을 하고 있던 여자애가 지현에게 달려들었다.

그리고 그녀를 본 순간 건형도 고개를 절레절레 저었다.

그녀는 다름 아닌 걸그룹 슈퍼스타의 막내 이혜미였다.

"오빠, 안녕하세요."

혜미가 어색하게 인사를 건넸다.

그녀 표정에는 숨길 수 없는 무언가가 자리 잡고 있었다.

건형이 혜미를 바라보며 물었다.

"원래 여기에서 화보 촬영하기로 한 거야?"

상황을 보아하니 내년 여름을 대비한 화보 촬영인 모양이었다.

궁금한 건 어째서 이곳 골드코스트로 화보 촬영을 온 건가 하는 점이었다.

아무래도 남반구가 낫긴 하겠지만 굳이 이곳으로 왔다는 게 수상쩍을 수밖에 없었다.

혜미가 미소를 지어 보이며 말했다.

"네, 그럼요. 기획실장님이 여기로 잡아 주셨거든요. 아, 죄송한데 저 화보 촬영 좀 마저 끝낼게요."

그녀가 입고 있는 옷은 비치웨어로 비키니 화보는 아닌

듯했다.

그런데 망사로 되어 있는 옷이다 보니 아무래도 시선이 여러모로 쏠릴 수밖에 없었다.

그것을 눈치챈 지현이 눈살을 찌푸렸다.

"오빠, 어디를 봐요!"

"아니. 그런 게 아니라……."

"지금 혜미 본 거예요?"

"그럴 리가 없잖아. 빨리 숙소로 돌아가자."

당황해하는 건형을 보며 지현이 입술을 깨물었다.

"그래도 기다려달라고 했는데 매정하게 먼저 갈 수도 없잖아요."

마음씨 착한 지현이다웠다.

대부분 이런 상황이면 그냥 지나쳐 버리려고 할 텐데 말이다.

그러나 지현은 속으로 안절부절못하고 있었다.

솔직히 말해서는 바로 건형을 질질 끌고 숙소로 돌아가고 싶었다.

아니, 애초에 이 해변을 걷는 게 아니었다.

그냥 다 무시하고 숙소로 바로 돌아가는 건데.

괜히 해변가를 걷자고 했다가 이 사단을 일으켰다.

그때였다.

건형은 휴대폰으로 꾹꾹 무언가 문자를 보내는가 싶더니 지현을 데리고 화보 촬영하는 현장을 빠져나가기 시작했다.

지현이 의아한 얼굴로 물었다.

"오빠, 왜요?"

"그냥 들어가자. 나 다리도 아프고 배도 고파서 빨리 돌아가고 싶어. 혜미한테는 문자 보내 놨으니까 걱정하지 말고."

"그래도 될까요?"

"응, 괜찮아. 뭐 나중에 또 우연찮게 얼굴을 보게 될 수도 있지만 오늘 무조건 봐야 하는 건 아니잖아. 그리고 일하는 거 방해할 수도 없고."

건형은 지현을 데리고 쉐라톤 미라지 호텔로 돌아왔다.

푹신푹신한 침대에 몸을 파묻고 있을 때 룸서비스가 도착했다.

두 사람은 허기진 배를 채우기 시작했다.

그리고 어느 정도 배가 불렀을 때 건형은 가져온 노트북으로 체스에 대해 차근차근 배워 나갔다.

장기나 바둑을 둔 경험은 몇 차례 있지만 체스를 해 본

적은 한 번도 없었다.

"오빠, 체스 공부하는 거예요?"

"응. 체스 대회 나가기로 했으니까 준비는 해 둬야지."

"이틀 동안 공부하는 걸로 충분한 거예요?"

"뭐, 그럭저럭 가능하지 않을까? 그리고 이번에는 꼭 이겨야 할 이유가 있어서. 웬만하면 꼭 이기고 싶어."

"알았어요."

건형이 체스를 공부하는 사이 지현은 나중에 솔로로 나오면 부르게 될 신곡을 준비하기 시작했다. 싱어송라이터로 불리면서 지현은 천부적인 작사, 작곡 능력이 있다고 알려졌으며 그 덕분에 그녀한테 한 곡 써 줄 수 없냐고 물어보는 기획사도 많았다.

그때마다 지현은 실력이 안 된다고 겸손하게 거절했지만 그녀가 써 내린 곡이 가지고 있는 파괴력은 어마어마했다.

실제로 지현이 1위를 몇 주 연속 차지할 수 있게 만들어 줬던 데뷔곡 꿈의 기억도 그녀가 손수 작곡, 작사한 것이었다.

레브 엔터테인먼트에서도 극찬을 했을 만큼 사람의 감성을 쥐고 흔들었던 노래로 그녀는 그 노래로 단숨에 엄청난 팬덤을 끌어모을 수 있었다.

그 후에도 지현은 틈틈이 작사, 작곡을 하며 더 좋은 노래를 만들고자 노력하고 있었다.

그때였다.

휴대폰이 울리기 시작했다.

지현이 전화를 확인했다.

전화를 건 사람은 다름 아닌 혜미였다.

"무슨 일이야?"

지현의 목소리에서는 자연스럽게 냉기가 풀풀 넘치고 있었다.

[어디에 머무르고 있어? 설마 건형 오빠하고 한 방에서 머무르고 있는 건 아니지?]

"알 바 없잖아."

[친구 사이에 왜 그래. 응? 어디야? 놀러 갈게.]

"됐어. 너는 어딘데?"

[나 여기 쉐라톤. 지금 로비에 있어.]

"로비라고?"

[응. 너도 근처에 있으면 여기로 놀러 오든가.]

아까 전 먼저 와 버린 게 내심 미안했던 지현이다.

지현이 건형에게 가까이 다가가서 물었다.

"오빠, 혜미가 여기 아래 로비에 있다는데 보고 와도 돼요?"

"아, 혜미가 왔데?"

"아뇨. 혜미도 여기 머무르고 있데요."

"결국 만날 사람은 만나게 되나? 같이 갈까?"

"음⋯⋯."

여기서 두 사람을 만나게 하는 게 나을까 아니면 그렇게
하지 않는 게 나을까.

곰곰이 고민하던 지현이 입을 열었다.

"같이 가요."

"괜찮겠어?"

"어차피 우리 기자회견도 했고 이미 공식적으로 연애하
고 있는 중이잖아요. 제가 피할 이유도 없다고 생각해요."

평소보다 더 적극적으로 나서는 지현 모습에 건형이 고
개를 끄덕였다.

"그러면 그렇게 하자."

건형은 노트북을 꺼 둔 다음 로비로 내려갔다.

로비 한쪽에 혜미를 비롯한 슈퍼스타 멤버들이 인공적으
로 조성된 호수를 바라보며 가볍게 칵테일을 마시고 있었
다.

"어, 지현아! 거, 건형 오빠."

혜미가 제일 먼저 아는 척을 해 왔다.

그러다가 건형이 옆에 있는 모습을 보고서는 얼굴을 붉혔다.

지현이 한숨을 길게 내쉬었다.

건형은 혜미를 보며 머리를 긁적였다.

자신은 혜미한테 능력을 부여한 적이 없다.

그냥 그때 한 차례 만났고 그 이후에도 몇 번 얼굴을 마주쳤을 정도다.

그런데 지금 혜미가 보여주는 반응은?

마치 자신이 재능을 부여해 줬던 다른 사람들처럼 맹목적인 사랑을 드러내고 있다.

'정말 골치 아프네. 지현이도 영 기분이 좋아 보이질 않는데……. 정말 나를 좋아하기라도 하는 건가?'

사랑은 보이지 않게 다가오는 법이다.

혜미도 그런 것일까.

그러나 건형 입장에서 그녀의 애정 공세는 부담스러울 뿐이었다.

그때 다른 슈퍼스타 멤버들도 지현을 알아보며 반색해 왔다. 그리고 그들 중 가장 성숙해 보이는 여자가 입을 열었다.

"안녕하세요. 혜미가 왜 골드코스트로 그렇게 와야 한다고 떼를 쓰나 했는데 어쩌면 그게 다 건형 씨 때문이었을지도 모르겠네요."

지현이 눈에 쌍심지를 켰다.

그러나 혜미도 만만치 않았다.

두 사람을 보며 건형은 한숨을 길게 내쉴 수밖에 없었다.

두 사람 사이를 중재한 건 슈퍼스타 멤버들이었다.

"혜미야, 우리 여기 일하러 온 거야. 다른 생각 하지 말고. 응?"

"게다가 이미 두 사람 모두 공개 연애 중이라고!"

닦달하는 슈퍼스타 멤버들에 혜미 얼굴이 뾰로통해졌다.

"치, 언니들은 지현이 편이에요?"

"그런 게 어디 있어. 자꾸 쓸데없이 너가 구니까 그렇지."

"죄송해요. 지현아, 미안해. 혜미가……."

"괜찮아요."

그때 슈퍼스타 리더인 박가연이 웃어 보이며 말했다.

"이왕 이렇게 된 거 함께 커피나 마셔요. 겸사겸사 궁금한 것도 있었어요."

"아, 그렇게 하죠."

아까 전 엘리베이터를 타고 내려올 때 지현은 자신이 슈퍼스타와 조금 더 특별한 관계라고 했었다.

이야기를 들어 보니 예전에 소속사에 들어가서 연습생 생활을 할 때 슈퍼스타 멤버들도 같은 소속사였다고 했다.

그러니까 지금은 쫄딱 망해 버린 스타플러스 엔터테인먼트가 흡수합병한 ANK 엔터테인먼트에서 함께 연습해 온 사이였다는 의미였다.

그러나 그녀들은 ANK 엔터테인먼트가 스타플러스에 합병되기 전 드림 엔터테인먼트로 자리를 옮겼다고 했다.

일종의 트레이드였다.

그리고 그 덕분에 슈퍼스타는 최근 드림 엔터테인먼트에서 밀어 주는 걸그룹이 됐고 승승장구하고 있었다.

이런 곳에 화보 촬영을 온 것만 봐도 그녀들이 얼마나 기대를 받고 있는지 알 수 있는 대목이었다.

물론 그렇다고 해서 지현에 비할 바는 되지 못했다.

지현 같은 경우 타이틀 곡인 꿈의 기억이 발매되자마자 반나절 만에 모든 음원 사이트에서 1위를 차지하였고 각종 방송사에서 1위를 휩쓸었다.

그 덕분에 앨범은 오십만 장이 넘게 팔리며 아이돌로는

역대 최다 판매량을 기록할 수 있었다.

남자 아이돌은 되어야 이십만 장이 넘게 팔리고 여자 아이돌은 십만 장이 팔리면 대박이라고 치는데 그것을 놓고 보면 정말 장난 아닌 판매량을 기록한 셈이었다.

어쨌든 공전절후한 기록.

실제로 지현은 이미 수십 곳의 광고 기획사로부터 광고 제의까지 받아 둔 상태였다.

물론 그녀가 대중에 기자회견을 열어 열애설을 발표한 이후 주춤하고 있었지만 여전히 그녀의 팬덤은 막강했다.

"언니, 오랜만이에요. 잘 지내셨죠?"

"그럼. 요새 너 잘나가더라. 정말 다행이야. 그때 너도 원래는 드림 엔터테인먼트로 옮기려고 했었잖아."

"그러게요. 그때 드림 엔터테인먼트 기획실장님이 무조건 옮기자고 그랬었는데."

"그때 옮겼으면 네가 슈퍼스타 멤버가 됐을지도 모르겠다. 호호."

"그럴 수도 있겠네요. 그보다 진짜 혜미가 우겨서 여기로 화보 촬영 오게 된 거예요?"

"정확히 이야기하면 원래 화보 촬영 가기로 한 후보지가 모두 세 곳이었어. 괌하고 세부하고 여기. 그런데 혜미가 자꾸 골드코스트로 가자고 우겨서 바꾸게 된 거야."

지현이 의아한 얼굴로 혜미를 쳐다봤다.

건형이 지혁과 함께 골드코스트로 가기로 결정한 건 불과 며칠 전의 일이었다.

그런데 혜미가 어떻게 그 사실을 알고 골드코스트로 가자고 우긴 건지 이해가 가질 않았다.

혹시 누군가 그것을 몰래 이야기한 건 아닐까.

그러나 자신도 모르고 있던 일.

그것을 알고 있는 사람이라고는 기껏 해 봐야 건형과 지혁, 두 사람이 전부 다.

그 두 사람 말고는 아는 사람이 없는데 혜미가 그것을 알아냈다고?

지현은 자연스럽게 건형을 노려봤다.

건형이 고개를 절레절레 저었다.

지현이 눈에 쌍심지를 키며 물었다.

"너 우리가 골드코스트로 오는 건 어떻게 알게 된 거야?"

"흥!"

"말해! 어떻게 안 거냐고!"

"몰라도 돼."

혜미는 볼을 빵빵하게 한 채 입을 꾹 다물고 고개를 돌렸다.

사실 그녀가 골드코스트로 가길 원했던 이유는 나중에 꼭 한번 가 보고 싶었던 관광지 중에 하나였기 때문이었다.

그렇다고 그것을 곧이곧대로 말할 수 없었다.

말하고 싶지도 않았고.

그러는 동안 두 사람은 여전히 기 싸움을 벌이고 있었다. 그 탓에 건형 입장에서는 무슨 가시방석 위에 앉아 있는 듯한 느낌이었다.

그것을 눈치챈 슈퍼스타의 리더 박가연이 난감해하는 표정으로 말했다.

"죄송해요. 원래 혜미가 이런 애가 아닌데……. 도대체 무슨 생각으로 이러는 건지 모르겠어요. 휴."

"괜찮습니다."

"휴양차 오셨다면서요? 한국에 기사 엄청 많이 떴거든요. 확인 안 하셨죠?"

"하하, 네. 여기서 푹 쉬고 놀다 보니 확인할 시간도 없었네요. 회사한테는 일체 연락하지 말라고 해두기도 했고요. 이왕 여기까지 왔으니 신경 다 끄고 푹 쉬고 싶었거든요."

"그럴 거 같았어요. 괜히 저희가 여기로 와서 방해가 된 게 아닌가 모르겠어요. 사실 저희는 혜미가 계속 우기길래 온 거긴 한데 폐가 된 거 같아요."

"괜찮아요. 지현아, 나는 먼저 올라가 있을게. 이야기 나누다가 올라와."

"그럴게요."

건형은 왠지 자신이 이들을 불편하게 만들고 있는 거 같아서 먼저 방으로 돌아왔다.

아무래도 한동안 수다를 나눌 게 분명했다.

그래도 오랜만에 만난 언니들이기도 하고 여자들 사이에서 수다가 오고 가지 않는다는 건 말이 되지 않는 이야기니까.

건형은 그 시간 동안 틈틈이 체스를 배워 두는 한편 지혁에게 전화를 걸어서 알 왈리드 왕자에 대해 알아보고 있었다.

지혁이 말하길 알 왈리드 왕자는 일루미나티와는 일단 아무 관계도 없다고 했다.

오히려 그가 말했던 대로 알 왈리드 왕자는 일루미나티에 대해 부정적인 생각을 갖고 있을 가능성이 더 높다고 했다.

일루미나티가 원하는 것이 'New World Order'이다 보니 기존의 권력자와 마찰을 빚게 될 건 자명한 일이었다.

특히 그들이 인정하지 않는 중동과 아시아 쪽 권력자들과 맞부딪치게 되리라는 건 자명한 일이었다.

그 모든 건 지독한 백인우월주의 탓도 있었다.

어찌 됐든 간에 건형 입장에서는 잘된 일이었다.

그 강대한 일루미나티를 상대하기 위한 아군을 차례차례 포섭할 수 있는 좋은 기회였으니까.

한참 뒤에야 지현이 올라왔다.

얼굴이 살짝 빨개진 게 칵테일을 꽤 많이 마신 듯했다.

"이야기는 많이 나눴어?"

"네. 오랜만에 언니들 봐서 즐거웠어요."

"슬슬 잘까? 내일은 그레이트 배리어 리프 가려고 했는데 말이야."

"아, 아까 그랬죠? 슬슬 자요. 졸려 죽겠……."

결국 몸을 가누지 못하던 지현은 그대로 침대에 풀썩 드러누웠다.

건형은 아쉬운 얼굴로 그녀를 침대에 눕힌 다음 자신도 잠자리를 청했다.

아무래도 오늘 밤은 조용히 보내게 될 것 같았다.

이튿날 아침 지현은 부스스한 얼굴로 잠에서 깼다.

'화장도 지우지 못했는데 나도 모르게 잠이 들었네.'

건형은 아직 일어나지 않은 상태.

바로 옆에 건형의 얼굴이 보이자 심장이 두근두근거렸다.

박동수가 금세 커졌다.

지현은 멍하니 건형의 얼굴을 쳐다봤다.

처음 그를 만나게 된 건 퀴즈쇼에서였다.

똑똑하고 비상하고.

그 정도 감정이 전부였다.

그러다가 다시 퀴즈쇼에서 만나고 난 뒤 그에게 호감을 갖게 되었다.

그래서 매니저의 말도 무시하고 끝까지 회식 자리에 남았다.

이후 고아원을 가서 같이 봉사활동을 하며 더욱더 가까워졌고 그때 자신의 감정이 사랑이라는 걸 깨달았다.

지금에 이르러서는 건형을 그 누구보다 더 많이 사랑하고 있었다.

"고마워요."

쪽—

살짝 입맞춤을 한 지현은 서둘러서 준비를 하기 시작했다.

아무래도 남자보다 여자가 준비 시간이 오래 걸리는 게 사실.

샤워를 하고 머리를 감은 다음 다시 화장을 하는 사이 문자가 왔다.

혜미였다.

[건형 오빠하고 한 방에 머무르고 있는 거야?]

[그건 어떻게 알았어?]

[말도 안 돼! 아직 결혼도 안 했잖아! 어떻게 한 방에서 잘 수가 있어!]

[무슨 상관이야. 우리 이미 공개 연인이야. 괜히 무턱대고 방을 두 개나 잡을 필요는 없잖아.]

[치사해. 나빴어.]

[휴, 나보고 어떻게 하라는 거야? 설마 오빠하고 헤어지라고 하는 건 아닐 테고. 너야말로 너무하는 거 아니야. 잘 사귀고 있는 커플한테 왜 그래!]

지현은 휴대폰을 쇼파에 던져 버렸다.

더 이상은 생각하기도 싫었다.

그때 건형이 잠에서 깼다.

"무슨 일 있어?"

휴대폰을 쇼파에 집어 던지는 모습을 봤던 모양이다.

"아무 일도 아니에요."

그러나 눈치 빠른 건형은 알 수 있었다.

지현이 혜미 때문에 단단히 뿔이 났다는 것을.

그녀의 기분을 풀어 줄 필요가 있었다.

"지현아, 잠깐만 여기 와서 앉아봐."

건형은 냉장고에서 음료를 꺼내 지현에게 건넨 다음 자신도 마시면서 조심스럽게 입을 열었다.

"혜미가 어떻게 여기로 오게 된 건지는 모르겠지만 우리 신경 쓰지 말자."

"저도 신경 안 써요. 그런데 예전부터 같이 연습생 생활한 친한 친구인데⋯⋯. 자꾸 저러니까 짜증이 나서 그래요."

"휴, 걱정 마. 내가 어떻게 해결해 볼게."

"됐어요. 오빠는 이번 일에 나서지 마요. 제가 단단히 경고해 둘 거니까요!"

그러고 보니 마음에 걸리는 게 몇 가지 더 있었다.

혜미는 그렇다 치고 민영이는?

그녀 역시 지현을 대단히 복잡하게 만들고 있었다.

게다가 그녀는 자신이 재능을 부여해 줬고 그것 때문에 자신한테 호감을 더욱더 강하게 품고 있는 것일 수도 있다.

그 부분을 미리 지현한테 말해서 오해가 없게끔 해놔야 했다.

건형이 자초지종을 털어 놓았다.

잠자코 이야기를 듣던 지현이 눈을 동그랗게 뜨며 물었다.

"그게 정말이에요?"

"응, 내가 능력을 부여한 사람들은 대부분 그런 영향을 받았을 거야."

"그것을 고칠 수 있는 방법은 없어요? 가뜩이나 민영이가 자꾸 오빠 좀 만나게 해 달라고 닦달해서 얼마나 골치 아팠는데요."

건형이 한숨을 내쉬었다.

"아직까지는…… 없어."

그때 무슨 생각이 들었는지 지현이 단호한 어투로 입을 열었다.

"오빠, 하나 명심해 둘 게 있어요."

"그게 뭔데?"

"저는 그것에 영향을 받지 않았다는 거예요. 제가 오빠를 좋아하고 또 사랑하는 마음은 진짜니까요."

지현이 똑부러지는 목소리로 말했다.

건형은 그녀 말에 미소를 지어 보였다.

"그래. 고마워. 나도 알고 있어."

"그 부분은 차차 알아보기로 해요. 그보다 이제 슬슬 출발해야 하는 거 아니에요?"

"응. 나도 씻고 나올게."

건형도 씻고 나온 뒤 두 사람은 오늘의 목적지인 그레이트 배리어 리프로 향했다.

스노클링과 스쿠버다이빙, 요트 항해 등이 가능했고 또는 요트를 타고 일일 투어를 다녀올 수도 있었다.

오늘 하루 건형은 지현과 함께 그레이트 배리어 리프의 무어 리프로 간 다음 그곳에 설치되어 있는 폰툰에서 산호초를 둘러보며 시워크, 스쿠버다이빙, 스노클링 등을 즐길 예정이었다.

그리고 두 사람이 객실에서 나와서 로비로 나왔을 때였다.

한 사람이 그들에게 다가왔다.

그는 다름 아닌 사우디아라비아의 왕자 알 왈리드였다.

"그레이트 배리어 리프라도 가려는 모양이군. 만약 그곳
으로 갈 거라면 나와 함께 가지 않겠나?"

"예? 이미 저희는 예약을 다 해 뒀습니다."

"알고 있네. 그래도 내일 나를 위해서 대리인으로 참가
해 줄 사람인데 최고의 대우를 해 주고 싶네."

"음, 잠시 기다려 주시겠습니까?"

"물론이네. 설령 같이 가지 않는다고 해도 개의치 않으
니 염려하지 말게."

건형이 지현을 바라보며 자초지종을 설명했다.

"어떻게 생각해?"

"아, 저분이 한 말이요?"

"응. 같이 가도 되고 그러지 않아도 되고. 결정은 네가
하면 돼. 나는 네 의견을 존중할게."

"음……."

곰곰이 고민하던 지현이 입을 열었다.

"저는 오빠하고 단둘이 다니고 싶어요."

고민 끝에 이야기를 한 그녀의 얼굴은 무척 빨개져 있었
다.

여전히 쑥스러움을 많이 타는 걸 보며 건형은 자신도 모르게 미소를 지어 보일 수밖에 없었다.

그리고 그는 알 왈리드 왕자를 보며 말했다.

"죄송합니다, 왕자님. 호의를 거절해야 할 거 같습니다."

"아니네. 자네 연인의 눈빛을 보아하니 괜한 말을 꺼냈던 모양이네. 그 대신 오늘 저녁에 파티가 있는데 거기에 오지 않겠나?"

일일 투어이긴 해도 저녁 늦기 전에는 어차피 쉐라톤 미라지로 돌아올 것이다.

"파티룩이 따로 있나요?"

"아니네. 그냥 즐겁게 즐기고자 마련한 것이니 부담 없이 참가해도 좋네. 있다가 리무진을 보내도록 하지."

"알겠습니다."

건형은 알 왈리드 왕자와 헤어진 뒤 임대한 차를 타고 골드코스트 공항으로 향했다.

그레이트 배리어 리프를 호주에서 대표적으로 볼 수 있는 곳은 케언즈인데 골드코스트에서 케언즈까지의 거리는 대략 2,500km.

자동차를 운전해서 가기엔 먼 거리였다.

그렇다 보니 자동차는 공항 주차장에 놔두고 항공편을 이용해서 케언즈로 건너간 다음 그레이트 배리어 리프로 가는 게 훨씬 더 간편할 터였다.

케언즈 공항에서 나오는 순간 지현은 코끝에 와 닿는 공기를 느꼈다.

상쾌하기 이를 데 없었다.

청명하기만 한 하늘이 눈에 꽉 찼다.

세계 최대의 산호 군락지이자 꿈의 바다라고 불리는 그레이트 배리어 리프가 있는 곳, 퀸즐랜드의 케언즈.

이미 수많은 여행객들이 바글바글거리고 있었다.

지현은 건형의 손을 꽉 잡은 채 그의 옆에 바짝 붙어 걸었다.

도시 한가운데로 나 있는 탁 트인 길을 걸으며 지현은 저 멀리 눈에 들어오는 대형 풀장을 바라봤다.

건형이 그녀에게 저곳의 이름을 알려줬다.

에스플로네이드 라군이라고 케언즈의 랜드마크라고 한다. 엄청나게 넓은 해수 풀장으로 원하는 사람은 누구나 무료로 수영할 수 있는 공공시설이라고 했다.

공공으로 관리되는 곳인데도 불구하고 고운 모래가 잔뜩 깔려 있을 뿐 아니라 관리도 깨끗하게 잘 되어 있었다.

라군을 지나서 에스플로네이드 거리를 따라 걸으며 지현은 상쾌한 바닷바람을 잔뜩 즐겼다.

그러는 동안 건형은 미리 예약해 둔 요트를 빌렸다.

하루에 1억 원이 넘는 임대료를 내야 하지만 건형에게는 얼마 되지 않는 돈이었다.

요트를 타자 환한 인상의 선원들이 그들을 반겼다.

그리고 두 사람은 케언즈 항구를 떠나서 요트를 탄 채 그레이브 배리어 리프로 향했다.

한 시간 정도 멀미가 날 것 같은 항해가 이어졌다.

금세 어지러워졌고 속이 부글부글 끓었다.

그때였다.

건형이 지현에게 다가와서 그녀의 몸을 부드럽게 쓸어내렸다.

"이제 괜찮아?"

다정한 목소리.

지현이 건형을 바라봤다.

훤칠한 키에 수려한 외모.

아기처럼 뽀얗다 못해 투명할 정도로 매끄러운 피부.

물론 톱스타 연예인들에 비하면 잘생긴 외모는 아니다.

그러나 사람의 마음을 확 잡아끄는 마력 같은 걸 가지고 있다.

그래, 마술사들이 부리는 마법 같다.

누구라도 그와 눈을 마주치면 금세 심장을 도둑맞을 거 같은 느낌이랄까.

처음에만 해도 그를 그렇게 신경 썼던 건 아니다.

그러나 두 번째 보는 날 지현은 자신의 마음이 두근거리는 걸 느꼈다.

연예계에서 일하면서 수많은 톱스타 배우들을 만났을 때도 뛰지 않던 심장이 쿵쾅거리기 시작했다.

그리고 같이 고아원으로 봉사활동을 하러 갔을 때.

그에게 마음을 빼앗겼다.

지금 와서는 도저히 되돌릴 수 없게 됐다.

그를 다른 사람에게 내주는 건 생각지도 못하게 됐다.

이런 걸 질투? 소유욕이라고 하는 걸까.

어떻게 그 많은 사람들이 연애를 하는지 궁금했다.

자신이 사랑하는 사람을 다른 사람한테 빼앗겨야 하는 걱정을 하루가 멀다 하고 해야 하는데 말이다.

누구는 이렇게 말할지도 모른다.

자신감을 더 가지라고.

그한테 너가 세상에서 가장 빛나는 여자일 거라고.

그러나 지현은 아직 자신의 위치에 만족하지 못하고 있었다.

자신보다 그가 훨씬 더 빛나고 있으니까.

그래서 노력하고 있는 것이었다.

작곡, 작사를 더 공부하고 헤어스타일을 다듬고 더 예쁜 옷을 찾아 입고.

그러다가 며칠 전 그와 함께 휴양차 여행을 다녀오자고 마음먹었다.

첫 여행이다.

첫 연애만큼 설레는 순간.

열 시간이 넘는 비행은 피곤했지만 낯선 나라에 발을 내딛는 순간 그 피로는 온 데 간 데 사라지고 없었다.

그 대신 남은 건 만족감이었다.

물론 그 기쁨도 잠시 혜미를 보는 순간 와장창 깨졌지만.

그때 건형이 지현을 불렀다.

"무슨 생각을 그렇게 해?"

"네? 아, 아뇨. 그냥 좋아서요."

"저기 봐. 저기가 그레이트 배리어 리프인가 봐."

어느새 그들이 타고 있던 호화 요트는 그레이트 배리어 리프 한가운데 도착한 상태였다.

눈을 의심할 수밖에 없는 환상적인 풍경이 눈앞에 가득 펼쳐졌다.

거의 반투명하게 빛나는 아름다운 바다와 수면 아래로 비치는 다양한 산호초가 눈을 어지럽혔다.

"아……."

지현이 탄성을 냈다.

진짜 놀라웠다.

그리고 아름다웠다.

어쩌면 이렇게 비현실적인 세상이 존재할까.

여태껏 봐 왔던 곳들 중 가장 아름다웠다.

"여기 정박합니까?"

"예, 그렇습니다. 있다가 오후 여섯 시쯤 회항하도록 하겠습니다. 그전까지 요리사를 시켜 음식을 만들도록 하죠."

건형은 고개를 끄덕여 보인 뒤 지현과 함께 요트 끝자락으로 발걸음을 옮겼다.

먼저 건형이 옷을 벗었다.

탄탄한 근육질 체형이 햇빛을 받아 반짝였다.

오밀조밀 뭉쳐진 근육이 아름답게 세공된 조각처럼 빛을 발하고 있었다.

건형이 지현을 바라보며 말했다.

"들어가자."

"그게……."

"괜찮아. 여기는 우리 둘뿐이야."

주변은 조용했다.

비싼 돈을 주고 고용한 만큼 그들이 찾아온 곳은 되게 한적한 해안가였다.

저 멀리 울창한 숲을 자랑하는 자그마한 섬이 하나 있었고 그 앞에 온갖 산호초들이 가득한 해변가가 자리 잡고 있었다.

이미 그들은 각종 테이블을 나르며 아예 뷔페를 차리고 있었다.

주변을 둘러보던 지현도 입고 있던 웃옷을 벗었다.

새하얀 피부 결이 눈에 제일 먼저 들어왔다.

그리고 굴곡진 몸매가 그다음 보였고 청초하기 이를 데 없는 파란색 수영복이 마지막을 장식했다.

"예쁘다."

건형은 지현을 보며 감탄을 금치 못했다.

정말 눈부실 정도로 아름다웠다.

큰 키에 잘 뻗은 각선미 그리고 환상적인 S라인까지.

지현은 수줍은 듯 양손으로 온몸을 가렸다.

그런 지현을 끌고 건형은 본격적으로 바닷속으로 빠져들어갔다.

해안가 근처다 보니 바닷속은 깊지 않았다.

그럼에도 불구하고 주변 풍경은 환상적이었다.

군데군데 자라나 있는 각양각색의 산호초들.

그리고 자유롭게 바다를 떠다니는 거북이들.

게다가 저 멀리에는 부드럽게 꼬리 치며 돌아다니는 열대어 무리들도 있었다.

건형과 지현은 서로 눈을 맞추며 헤엄을 쳤다.

개발이 되지 않은 자연 그대로의 섬이다 보니 인적도 드물어서 숨소리조차 들리지 않고 있었다.

그야말로 천혜의 야생.

그러나 주변을 감싸고 있는 건 눈이 부실 만큼 아름다운 광경.

천국이 따로 없었다.

"푸하. 진짜 너무 예뻐요."

"그러게. 여기 오길 잘했네."

"정말 고마워요."

"나중에 지혁이 형한테도 고맙다는 말 꼭 해 줘. 안 그러면 그 형 삐칠 거야."

"네, 그렇게 할게요."

지현이 방긋 미소를 지어 보였다.

그렇게 계속해서 주변 바다를 둘러보며 해수욕을 치던 건형과 지현은 한 시간이 훌쩍 넘어서야 바다에서 걸어 나왔다.

그때 요트의 선장이 두 사람에게 마른 타월을 하나씩 건넸다.

"고맙습니다."

"이리로 오시죠. 음식을 차려 났습니다."

"지금이 몇 시죠?"

"가만히 있어 보자. 오후 세 시 무렵이군요. 두 시간 뒤 다시 회항할 테니 그때까지 마음껏 더 즐겨 주시면 됩니다."

두 시간 뒤면 오후 다섯 시.

여기서 케언즈 항구로 돌아가면 오후 여섯 시.

비행기를 타고 골드코스트로 돌아가면 오후 여덟 시.

알 왈리드 왕자가 주관하는 파티에는 늦지 않을 것 같았다.

"알겠습니다."

두 사람은 요트 선원들이 정성껏 차린 뷔페로 향했다.

하얀색 모래알이 반짝이는 해안가에는 각양각색의 음식들로 잘 차려진 뷔페가 한가득 있었다.

피시앤칩스, 스테이크, 안작 쿠키, 레밍톤 케이크, 오트밀 등 호주의 전통 먹거리부터 캐비어, 푸아그라 같은 세계 삼대 진미에 손꼽히는 음식들도 있었다.

건형과 지현은 배부르게 한 끼를 때운 다음 다시 해수욕을 즐기기 시작했다.

그렇게 한 시간이 순식간에 지나갔다.

이제 슬슬 떠나야 할 시간이었다.

"이렇게 떠나려니까 무척 아쉽네."

"조금만 더 머물다가 가면 안 돼요?"

"그러게. 알 왈리드 왕자하고 괜히 약속을 했어."

"별수 없죠. 이만 돌아가요. 괜히 더 남아 있다가는 아쉬워서 진짜 못 돌아갈 거 같아요."

"다음에 또 오자."

지현은 아쉬움을 뒤로한 채 요트에 올라탔다.

그리고 두 사람을 태운 요트는 그레이트 배리어 리프와

순식간에 멀어졌다.

　케언즈 공항에 도착한 건형과 지현은 뜻밖의 사람들을 다시 마주할 수 있었다.
　바로 슈퍼스타 멤버들이었다.
　슈퍼스타 멤버들 뿐만 아니라 매니저, 코디 등 수많은 사람들이 바글거리고 있었다.
　그러나 그들은 모두 건형과 지현을 보고서는 깜짝 놀라고 있었다.
　두 사람이 휴양을 즐기러 해외에 단둘이 여행을 떠났다는 건 알고 있었지만 여기서 만날 줄이야.
　이런 우연도 없었다.
　그때 걸그룹 슈퍼스타의 리더 박가연이 멋쩍게 웃으며 말했다.
　"그레이트 배리어 리프 다녀오시나 봐요."
　"아, 네."
　"저희도 마침 놀다가 이제 골드코스트로 가는 길이에요. 같은 비행기이신가요?"
　"아뇨. 아직 표를 끊지 못했습니다."
　"아……."

한편 지현과 혜미는 여전히 앙금이 남은 듯 서로가 서로를 쳐다보려 하지도 않고 있었다.

'애도 아니고…….'

그렇다고 자신이 나설 수는 없었다.

지현이 단단히 못을 박아 뒀지만 이건 자신이 해결할 문제가 아니었다.

두 사람이 풀어야 할 문제였다.

건형 입장에서는 친구 사이인 두 사람이 아무 문제 없이 이 갈등을 해결했으면 하는 바람뿐이었다.

그때였다.

누군가 건형을 알아보고 반갑게 달려왔다.

"어?"

"오, 여기서 만나는군. 골드코스트로 돌아가는 중인가?"

"예, 그렇습니다."

상대는 다름 아닌 알 왈리드 왕자였다.

"그럼 잘 됐군. 나와 함께 돌아가지."

"예?"

"내 전용기를 타고 가면 될 거야."

알 왈리드 왕자가 공항 바깥에 있는 커다란 비행기를 가리켰다.

국내선에서 쓰이기엔 지나칠 정도로 커다란 비행기.

에어버스 A380이다.

건형과 지현은 멋쩍게 웃어 보이며 자리를 떠났다.

그리고 남겨진 걸그룹 슈퍼스타와 그녀들을 따라온 매니저, 코디들은 서로 수군거릴 수밖에 없었다.

도대체 건형, 저 사람의 정체가 무엇일까 하면서.

사우디아라비아의 왕자가 흔쾌히 전용기를 함께 타자고 할 정도였으니까.

Chapter. 05

넓은 전용기 안에 타고 있는 사람은 불과 여덟 명뿐이었다.

　　조종사 두 명, 알 왈리드 왕자, 알 왈리드 왕자의 비서로 보이는 남자, 스튜어디스 두 명, 그리고 건형과 지현.

　　생각보다 단출한 왕자의 일행에 건형이 의아한 얼굴로 물었다.

　　"호위가 생각보다 되게 단출하시군요."

　　"하하, 지금 비행기를 운전하고 있는 조종사들하고 여기 스튜어디스들도 다 내 호종원들이라네. 그렇게 의아해할 거 없네. 다들 웬만해서는 절대 안 지니까 말이야."

"그렇군요."

건형은 조심스럽게 내면의 기운을 끄집어냈다. 그리고 알 왈리드 왕자가 말한 게 맞는지 확인했다.

확실히 이들 모두 남달랐다.

풍기고 있는 냄새가 달랐다.

잘 훈련된 요원이었다.

또한 모든 동작에 절도가 있었다.

그것은 잘 훈련된 요원이다 보니 더욱더 두드러지게 나타나고 있었다.

그때 비행기가 뜰 때까지 잠자코 기다리고 있던 알 왈리드 왕자의 비서가 다가와서 아랍어로 입을 열었다.

"왕자 전하, 지난번 말씀드린 그자한테서 연락이 왔습니다."

"어? 그런가? 뭐라고 하던가?"

"참여할 의사가 있다고. 이미 골드코스트에 도착했다고 합니다."

"허허, 그런가?"

"예. 어떻게 하시겠습니까?"

"그러나 이미 우린 다른 대리인을 구하지 않았나. 여기서 약속을 물릴 수도 없는 노릇이지."

"그러나 저분이 체스를 얼마나 잘 두는지는 알 수 없는 일 아닙니까?"

잠시 헛기침을 한 알 왈리드 왕자가 건형을 바라보며 물었다.

"하나 물어보고 싶은 게 있네."

"예, 말씀하시죠. 왕자님."

"그날은 내가 원하던 인재를 얻었다는 생각에 미처 물어보질 못했는데…… 체스를 둬 본 경험은 있나?"

건형은 솔직하게 대답했다.

"없습니다. 어제 하루 배웠습니다."

"하하."

알 왈리드 왕자가 허탈한 얼굴로 건형을 바라봤다.

그가 건형을 대리인으로 생각했던 건 그가 수학계의 타고난 천재라고 봤기 때문이다.

그렇다 보니 카지노에서 블랙잭을 할 때에도 수 싸움에 능했고 카드카운팅 기법을 써먹었던 것이었다.

그리고 으레 수학자들이 즐겨 두는 게 바로 체스다.

체스 역시 수 싸움에 능해야 잘 둘 수 있다.

그래서 그를 대리인으로 생각했던 거였다.

그런데 체스를 한 번도 둔 적이 없다고?

그리고 어제 처음 배워 봤다고?

여러모로 당혹스러울 수밖에 없었다.

"얼마 전 내게 했던 약속을 지킬 수 있겠나?"

그러나 자신은 한 나라의 국왕이었다.

그리고 자신이 한 번 내뱉은 말은 천금보다 무거운 법.

여기서 쉽게 이야기를 물릴 수는 없는 일이었다.

"물론입니다. 왕자님."

"허허."

그때였다.

옆에 서 있던 비서가 눈살을 찌푸리며 말했다.

"왕자님, 이자를 믿으셔서는 안 됩니다. 이건 왕자님의 명예가 걸린 일입니다. 쉽게 판단하지 마소서."

"그러나 이미 내가 한 번 입에 담은 말이다. 그것을 쉽게 돌릴 수는 없는 법이다."

"하오나 왕자님."

그때 잠자코 이야기를 듣고 있던 건형이 나섰다.

물론 그가 꺼낸 말 역시 아랍어였다.

"그렇게 제가 미덥지 못하시다면 지금 골드코스트에 와 있는 사람과 한 번 겨뤄보겠습니다. 단판 승으로 해서 이긴 사람이 출전하는 건 어떻겠습니까?"

"하하, 아랍어를 할 줄 알았나?"

"예. 다만 말씀이 없으셔서 그동안 영어로 말했을 뿐입니다."

"이거 부끄럽게 됐군. 내 비서의 경솔한 발언을 용서해 주길 바라네."

"아닙니다. 저라도 저분의 입장이었다면 그렇게 이야기했을 겁니다. 괘념치 않으셔도 됩니다. 그리고 원하신다면 제가 저분이 데려온 분하고 한번 겨뤄 보도록 하겠습니다. 그 승부에서 진다면 깔끔하게 물러나도록 하죠."

알 왈리드 왕자는 건형을 바라봤다.

자신이 알기로 그는 분명 일루미나티와 여러모로 좋지 않은 관계를 갖고 있었다.

그리고 자신이 원하는 정보를 반드시 갖고 싶어 할 터였다.

그런데도 불구하고 저렇게 자신 있게 나선다는 것은.

'이번 체스 대회에서 우승할 자신이 확실히 있다는 거겠지.'

그렇다면 비서가 데려온 그자와 승부를 벌이게 하는 것도 나쁘지 않은 일이 될 터였다.

"좋아. 그렇게 하도록 하지. 그한테도 준비를 하라고 일러두도록."

"실례지만 그 사람이 누구인지 알 수 있겠습니까?"

"상관없지. 엠마 미른이라고 하네. 작년 세계 체스 선수권 대회 준우승자이기도 하고."

세계 체스 대회 우승자는 덴마크 국적의 마누엘 칼슨이었다.

알 왈리드 왕자가 내세우려고 한 대리인은 세계 체스 대회의 준우승자 엠마 미른이었다.

대화가 끊기고 난 뒤 지현이 건형을 보며 물었다.

"오빠, 괜찮겠어요?"

건형이 천재인 건 분명하다.

그렇다고 해서 하루 동안 배운 체스로 세계 체스 대회 준우승자를 꺾는다는 건 사실 불가능한 일이다.

그렇다 보니 솔직히 말해서 신빙성이 높은 건 아니었다.

괜한 짓을 하는 게 아닌가 걱정될 정도였다.

건형이 웃으며 대답했다.

"걱정하지 마."

"그래도……."

"날 못 믿는 거야?"

"그건 아니지만. 괜히 오빠가 망신이라도 당할까 봐 그렇죠."

"그런 걱정은 안 해도 돼. 상대가 누구든 화끈하게 이겨 줄 테니까."

건형이 미소를 지어 보였다.

그럼에도 여전히 지현은 걱정을 감출 수 없었다.

잠시 뒤, 알 왈리드 왕자의 전용기가 골드코스트 공항에 도착했다.

건형과 지현은 알 왈리드 왕자의 리무진을 쫓아 주피터 카지노 호텔로 향했다.

주피터 카지노 호텔에 도착한 뒤 알 왈리드 왕자를 따라 들어간 곳은 주피터 카지노 호텔의 최상층에 자리 잡고 있는 로얄 스위트룸이었다.

이미 그곳에는 손님이 한 명 더 와 있었다.

175cm가 넘는 큰 키에 모델을 연상케 하는 늘씬한 체구, 햇볕에 닿아 찰랑거리는 금발, 북유럽 신화에 나올 법한 엘프처럼 커다란 에메랄드빛 눈동자까지.

체스 플레이어라고 보기에는 너무나도 화려한 외모였다.

"이 사람이 제 예선 상대군요."

"처음 뵙겠습니다. 박건형이라고 합니다."

"이야기는 이미 들어서 알고 있어요. 크렐레 저널에 리만 가설 함수를 증명한 논문을 게재하신 분이라고요? 필즈상을 수상하셨다는 이야기도 들었어요. 저는 엠마 미른이라고 해요."

"예, 반갑습니다."

"그러면 더 할 이야기도 없으니 체스나 둘까요?"

외모만큼이나 적극적이고 활발한 여자였다.

그때 알 왈리드 왕자가 두 사람을 중재하고 나섰다.

"하하, 프로페서 팍도 방금 전에 골드코스트 공항에 도착한 것이라서 여러모로 피로가 쌓였을 거네. 그건 나도 그렇고. 우리도 잠시 쉴 시간이 필요하니까 그 이후에 게임을 해 보는 건 어떻겠나? 나도 두 사람의 경기를 보고 싶고."

왕자의 부탁이다.

결국 엠마 미른도 고개를 끄덕여 보일 수밖에 없었다.

건형은 달콤한 생과일 주스를 마시면서 천천히 어제 마저 읽던 체스 교본집을 읽어 내려갔다.

옆에서 생과일 주스를 마시던 엠마 미른이 의아한 얼굴로 물었다.

"실례가 안 된다면 하나 물어봐도 될까요?"

"예, 그러시죠."

"체스를 둬 보신 적이 있으십니까?"

"이번이 처음입니다."

"……왕자 전하, 이게 어떻게 된 일이죠?"

엠마 미른은 황당하다는 얼굴로 알 왈리드 왕자를 쳐다 봤다.

만약 그가 왕자가 아니었다면?

그녀는 당장 이 자리를 뛰쳐나갔을 것이다.

체스를 한 번도 둬 보지 않은 플레이어를 자신과 맞붙이려고 한다는 것 자체가 자신을 얕잡아 보고 있는 것이라고 생각되었기 때문이다.

그때 알 왈리드 왕자가 한숨을 내쉬며 입을 열었다.

"오해하지 말게. 미스 엠마."

"왕자님!"

"오해는 그를 상대한 이후에 해도 늦지 않을 것이네."

"……좋습니다. 그 대신 만약 제가 저 남자를 이긴다면 추가로 백만 달러를 더 주셔야겠습니다."

'우승 상금이 얼마나 걸려 있길래…….'

문득 이번 체스 대회의 우승 상금이 궁금해졌다.

대리인에게 추가로 지급되는 돈이 백만 달러라니.

그렇다는 건 기본 수당 자체가 그 이상이라는 의미다.

우승 상금이 얼마나 걸려 있길래 그런 것일까?

아니면 돈 많은 부호들의 자존심을 건 승부라서 그런 것일까.

건형은 이 부분을 조금 더 알아볼 필요가 있다고 생각됐다.

지혁에게 문자를 보내 놓고 답장을 기다리는 사이 알 왈리드 왕자가 확답을 냈다.

"그러도록 하겠네. 만약 자네가 이긴다면 백만 달러를 추가로 지급하도록 하지."

그때 지혁이 보내온 정보가 문자로 도착했다.

그 규모와 참가하는 사람의 면면을 확인한 건형은 고개를 절레절레 저었다.

대회 명칭은 골드코스트 체스 대회.

참가하는 사람은 모두 넷.

우선 사우디아라비아의 왕자 알 왈리드.

그가 대리인으로 내세우게 될 사람은 건형 또는 엠마 미른이 될 터였다.

두 번째로 참가하게 된 건 덴마크의 왕자 헨릭 올거 왈데마르.

그가 대리인으로 내세운 건 세계 체스 대회의 우승자 마누엘 칼슨.

세 번째로 참가하는 건 중국 중앙위원회 총서기 친원싼.

그가 대리인으로 세운 것은 중국 최고의 체스 고수 천츄파였다.

마지막으로 참가하게 된 건 미국의 삼대 재벌가문으로 알려져 있는 뒤퐁 가문의 크리스토퍼 뒤퐁.

크리스토퍼 뒤퐁의 대리인은 제임스 왓슨으로 엘로 레이팅(Elo Rating)에 따르면 2009년부터 2015년까지 줄곧 세계 1위를 고수하고 있는 세계 체스계의 그랜드 마스터라고 할 수 있었다.

비록 작년 세계 체스 선수권 대회에서 마누엘 칼슨한테 아깝게 패배했지만 여전히 그는 세계 랭킹 1위를 굳건히 지키고 있었다.

'하나같이 쟁쟁하군.'

결국 아 대회에서 우승하려면 지금 눈앞에 있는 이 엘프 같은 엠마 미른부터 넘어서야 한다는 이야기였다.

"슬슬 시작할까요?"

건형이 엠마 미른을 바라보며 물었다.

"좋아요. 그렇게 하죠."

두 사람은 체스판이 마련되어 있는 베란다로 발걸음을 옮겼다.

베란다 위에는 고급스러운 체스판이 마련되어 있었다.

그리고 그 위에는 다이아몬드로 섬세하게 조각된 체스 말들이 정갈하게 자리 잡고 있었다.

"룰은 어떻게 할까요?"

"표준 규칙으로 하죠."

"그럼 제가 흑을 잡겠어요."

엠마 미른이 후공을 갖는 흑을 잡았다.

자연스럽게 건형은 백을 잡았다.

그리고 두 사람의 경기가 시작됐다.

일반적으로 체스나 장기나 바둑이나 선공을 펼치는 쪽이 여러모로 유리하다.

반대로 후공을 취하면 그만큼 어려울 수밖에 없다.

먼저 건형이 폰을 옮겼다.

a2에 위치해 있는 폰이 두 칸 앞으로 이동해서 a4의 자리에 섰다.

다음 차례는 엠마 미른.

엠마 미른 역시 폰을 움직였다.

그녀가 움직인 폰은 e7의 폰으로 e5의 자리로 이동했다.

건형 역시 폰을 움직이며 움직임을 쫓아가기 시작했다.

그때 엠마 미른이 먼저 수를 움직였다.

c6에 있던 폰을 한 칸 앞으로 움직인 것이다.

첫 번째 폰은 한 칸뿐만 아니라 두 칸 움직일 수도 있다.

그런데 그 기회를 스스로 포기한 것.

그럼에도 건형은 당황하지 않고 계속해서 폰을 움직이기 시작했다.

그러는 동안 h5로 옮긴 건형의 폰이 처음으로 엠마 미른의 폰을 잡았다.

그렇지만 엠마 미른은 바로 룩을 앞으로 땡겨 오며 폰을 잡는 데 성공했다.

엎치락뒤치락 승부가 연이어졌다.

그때 엠마 미른이 입가에 미소를 그리며 비숍을 움직였다.

절묘한 위치로 이동한 비숍은 비어 있는 건형의 공간을 장악했다.

"체크."

그녀가 차가운 목소리로 입을 열었다.

'너무 쉽잖아.'

1개의 기물로 2개 이상의 상대 기물을 공격해서 그중 1

개의 기물을 선택하는 기초적인 전략이 있다.

체스 플레이어는 그것을 가리켜 포크라고 부른다.

그러나 건형은 능숙하게 룩을 움직여 비숍을 잡아냈다.

순간 엠마 미른이 얼굴을 구겼다.

눈앞의 킹에 욕심을 내다가 모르고 뒤쪽에 웅크리고 있던 룩을 놓치고 말았다.

실내에서 베란다에 연결된 카메라로 경기 영상을 실시간으로 보고 있던 알 왈리드 왕자가 안타까운 얼굴로 말했다.

"엠마 양이 너무 쉽게 비숍을 내줬어."

"실수를 한 모양입니다. 백만 달러의 상금이 걸린 일입니다. 긴장할 수밖에 없었을 테죠."

아무래도 비서는 자신이 데려온 엠마 미른이 체스 대회에 나서길 바라는 듯했다.

실제로 그는 초조한 얼굴로 엠마 비른을 응원하고 있었다.

그때였다.

건형이 킹 위에 있던 폰을 한 칸 전진시켰다.

그리고 나이트 퀸과 비숍 퀸을 방어하는 전략을 짜냈다.

피앙체토(Fianchetto)라고 불리는 전술이다.

이미 건형의 폰은 체인 형태로 폰과 폰이 대각선으로 연결돼서 단단한 방어선을 구축하고 있었다.

축구로 친다면 미드필더와 수비수가 두 줄로 수비벽을 견고하게 세운 것이나 다름없었다.

달각—

건형이 다이아몬으로 세공된 폰을 움직였다.

무주공산이나 다름없는 엠마 미른의 진영에 입성한 폰이 프로모션을 할 수 있게 됐다.

승진이라고 해야 할까.

회사 말년 대리가 일야간에 차장 자리를 따낸 것이나 다름없었다.

건형은 폰을 죽어 있던 룩으로 바꿨다.

"체크메이트."

그리고 순식간에 체크메이트 상황이 일어났다.

그러나 한 칸 옆으로 빠지려고 해도 비숍과 퀸이 든든히 버티고 서 있었다.

결국 엠마 미른은 항복할 수밖에 없었다.

순식간에 말려 버렸다.

처음에만 해도 그녀가 세 수, 네 수 앞을 보며 앞서갔지만 어느샌가 자신이 차지했던 강점은 온 데 간 데 사라지고 남은 건 패배뿐이었다.

엠마 미른은 자리에서 일어나 악수를 건넸다.

"정말 훌륭한 실력이었어요. 그런데 어제 처음으로 체스를 둔 거 맞아요?"

"예, 그렇습니다."

"전혀 아닌 거 같은데……."

잠시 말끝을 흐리던 엠마 미른이 건형을 바라봤다.

훤칠한 키에 수려한 외모.

동양인이기는 해도 섹시가이다.

그리고 자신을 체스로 이긴 남자다.

평소 체스를 자신만큼 사랑하는 엠마 미른에게 건형은 호감이 생길 수밖에 없는 남자였다.

"여기 머물고 있어요?"

"예? 아닙니다. 쉐라톤 미라지 호텔에 머무르고 있습니다. 무슨 문제라도 있으신가요?"

"밖에 저 아가씨는 당신의 여동생인가요?"

건형이 슬쩍 지현을 쳐다봤다.

그녀는 발만 동동 구른 채 두 사람을 빤히 쳐다보고 있었다.

이미 게임이 끝났는데도 베란다에서 무슨 이야기를 그렇게 나누냐고 항변하는 것 같았다.

"아닙니다. 제 여자친구입니다."

"걸프렌드? 아쉽네요. 그래도 있다가 술이나 한 잔 하지 않겠어요?"

적극적인 그녀의 모습에 건형은 고개를 갸우뚱했다.

방금 전까지 그녀가 보여주던 차갑고 날이 서린 모습은 온 데 간 데 사라지고 없었다.

지금은 온순한 양이 되어 있었다.

"그렇게 보지 마요. 당신이 체스를 잘 두니까 마음에 들었을 뿐이에요. 저는 내일 열릴 체스 대회까지 보고 모레 돌아갈 테니까 생각 있으면 연락해요. 이건 제 연락처예요."

그녀는 명함 하나를 꺼내 건형 와이셔츠에 꽂아 넣었다.

그런 다음 베란다에서 나와 알 왈리드 왕자에게 다가갔다.

"제가 졌네요. 저분이라면 충분히 승산이 있어 보여요."

"고맙네. 무리한 부탁을 한 게 아닌가 모르겠군."

"아니에요. 오히려 제 안목을 넓힐 수 있는 기회가 됐어요."

그때 호기심이 생긴 알 왈리드 왕자가 엠마 미른을 보며 물었다.

"그러면 슈퍼 컴퓨터를 상대로는 어떨 거 같나?"

체스 플레이어와 컴퓨터의 대결은 1997년부터 시작되었다고 보는 게 정설이다.

크리스토퍼 뒤퐁이 내세운 대리인, 제임스 왓슨이 등장하기 전까지만 해도 1992년부터 2005년까지 세계 체스계는 러시아의 그랜드 마스터 아르세니 나이데노브(Арсений Наиденов)가 주름잡고 있었다.

그는 엘로 레이팅이나 역대 전적을 통틀어 봐도 세계적으로 손꼽힐 만한 체스계의 그랜드 마스터였다.

그러나 1997년 IBM이 만들어 낸 슈퍼 컴퓨터 블루 오션과의 체스 대결에서 패배했고 그 후 2004년 중국의 떠오르는 샛별이었던 천츄파도 프랑스의 슈퍼 컴퓨터 레드 스카이와의 대결에서 패배하며 사람은 컴퓨터를 이길 수 없다는 이야기가 나오게 됐다.

이후 2010년 세계 체스 랭킹 1위이자 그랜드 마스터 제임스 왓슨이 슈퍼 컴퓨터 DX아레나와 체스 경기를 펼쳐 2승 1패로 이기며 체면치레를 했지만 2014년에는 프로 체스 플레이어 5명이 컴퓨터와 겨뤄서 1승 4패를 거두며 컴퓨터에 무너지기도 했다.

인간의 사고 능력을 컴퓨터와 비교해 보면 그 차이는 더욱더 명확해진다.

컴퓨터는 매초 약 10의 14제곱 회 정도의 능력을 보인다고 한다.

이미 인간의 능력은 컴퓨터에게 추월당하고 만 것이다.

유일하게 바둑만 그 경우의 수가 워낙 무한하기 때문에
슈퍼 컴퓨터도 프로 바둑 기사를 못 이기고 있다고 하지만
다른 종목들은 대부분 따라잡힌 지 오래였다.

잠시 고민하던 엠마 미른이 조심스럽게 입을 열었다.

"모르겠네요. 음, 아무래도 어렵지 않을까요?"

"그렇겠지? 이미 슈퍼 컴퓨터의 성능은 인간을 초월한
지 오래됐으니 말이야."

"그러면 저는 이만 돌아가 보겠어요. 다음에 뵙겠습니
다, 왕자님."

엠마 미른은 주저 없이 로얄 스위트룸을 떠났다.

얼마 지나지 않아 건형도 베란다에서 나왔다.

알 왈리드 왕자가 환한 얼굴로 건형을 맞이했다.

"정말 놀라운 실력이었네. 자네를 믿어도 되겠어. 엠마
양이 저렇게 인정한 사람은 드물거든."

"감사합니다."

"그러면 슬슬 파티를 가도록 할까? 아마 꽤 많은 사람들
이 와 있을 거야. 개중에는 이번에 체스 대회에 참가한 사
람들도 있을 테고."

"잠시 숙소에 가서 옷을 갈아입고 와도 되겠습니까? 지

금 복장으로는 파티에 참가하는 게 조금 어려울 거 같아서 말이죠."

알 왈리드 왕자가 두 사람이 입고 있는 옷을 봤다.

한눈에 봐도 활동하기 편하게 입은 활동복이다. 그가 고개를 끄덕였다.

"알겠네. 그러면 있다가 파티장에서 보도록 하세."

쉐라톤 미라지 호텔로 돌아온 건형과 지현은 적당히 입을 만한 옷을 챙겨입었다. 아까 전 슬쩍 본 파티장에는 각양각색의 사람들이 모여 있었지만 대부분 과할 정도로 옷을 격식 있게 차려입고 있지는 않았다.

평상복이라고 보기엔 그렇지만 깔끔하게 멋을 낸 스타일링이 대부분이었다.

여자 같은 경우에는 드레스를 주로 입고 있었는데 그렇다고 해서 치마 길이가 그렇게 짧은 건 아니었다.

결국 건형과 지현은 적당한 옷을 챙겨 입고 파티가 열리는 주피터 카지노 호텔의 야외 공연장으로 향했다.

이미 꽤 많은 사람들이 모여서 파티를 즐기고 있었다.

격식 있는 자리가 아닌 누구나 모여서 즐겁게 웃고 떠들며 마음껏 뷔페를 즐길 수 있는 자리였다.

이 모든 건 내일 골드코스트 체크 대회를 연 네 명의 대부호가 합심해서 마련한 것으로 원래 방콕에서 열릴 예정이었지만 골드코스트로 예정되어 있던 장소를 옮기면서 특별히 마련한 이벤트이기도 했다.

파티장에 도착한 건형과 지현은 알 왈리드 왕자가 거느리고 있는 비서의 안내를 받으며 자리를 옮겼다.

그때 한쪽에 자리를 잡고 삼삼오오 모여 있는 걸그룹 슈퍼스타 멤버들이 들어왔다.

보아하니 화보 촬영을 마치고 막간에 시간을 내서 여기 놀러 온 모양이었다.

건형과 지현이 그들을 지나칠 무렵 눈썰미가 좋은 슈퍼스타의 리더 박가연이 지현을 알아봤다.

"저기 가는 애 지현이 아니야?"

타이트해서 몸매 실루엣을 강조해 주는 레드 퍼플 드레스를 입은 지현은 단연 여기 있는 사람들 사이에서 돋보이고 있었다.

그만큼 지현은 나름대로 힘 있게 스타일링을 해서 온 상태였다.

그것에는 혜미도 그렇고 아까 전 만났던 엠마 미른도 마음에 걸려서였다.

그때 지현의 예상이 정확히 맞아떨어졌다.

엠마 미른은 큰 키에 어울리는 파란색 드레스를 입고 있었다.

그런데 가슴 부분이 푹 파여서 글래머스러운 그녀의 몸매를 두드러지게 부각시키고 있었다.

지현도 동양인치고는 밸런스 잡힌 몸매이긴 했지만 그녀에 비할 바는 아니었다.

'에휴.'

지현이 속으로 한숨을 내쉴 때 건형은 부드럽게 웃으며 손을 내밀었다.

"반갑습니다. 다시 만나게 되는군요."

"호호, 그러게요. 미스 리라고 했던가요? 정말 아름답네요."

스스럼없이 자신을 칭찬하는 모습에 지현도 웃으며 고맙다고 대답했다.

"미스 미른도 정말 예뻐요."

"고마워요. 이쪽으로 같이 가요. 이번 체스 대회에 참가할 분들이 모두 모여 있어요."

졸지에 안내인 역할을 맡게 된 엠마 미른.

그러나 그녀는 오히려 즐거워 보였다.

게다가 이미 건형한테 팔짱을 꽉 끼고 있는 상태였다.

그로 인해 그녀가 입고 있는 드레스가 건형 팔꿈치에 밀착되어 맨살과 맞닿고 있었다.

'으으.'

지현은 속으로 참을 인을 계속해서 새겼다.

그때 파티장의 중심에 건형과 지현이 도착했다.

그곳에는 여덟 명이 모여 담소를 나누고 있었다.

동양인으로 보이는 두 사람 중 나이 있는 사람은 중국 총서기 친원싼이 틀림없어 보였고 그 옆에 있는 장년인이 천츄파였다.

그리고 키 크고 약간 젊은 사내가 덴마크의 왕자 헨릭 올거 왈데마르, 그 옆에 서 있는 젊은 청년이 세계 체스 선수권 대회 우승자 마누엘 칼슨이었다.

한편 한 번 만난 적 있는 아담 록펠러 못지않은 아우라를 뿜어내는 자가 뒤퐁가의 가주 크리스토퍼 뒤퐁, 그 옆에 서 있는 젊은 사내가 제임스 왓슨이었다.

하나같이 쟁쟁한 무리들.

세계 체스 랭킹 1위, 세계 체스 선수권 대회 우승자, 중국 최고의 체스 고수 그리고 세계 체스 선수권 대회 준우승자와 그녀를 꺾은 건형까지.

실력자들이 한자리에 모두 모인 것이었다.

건형은 등장하자마자 따가운 눈총을 받아야 했다.

그가 엠마 미른을 단숨에 꺾었다는 건 이미 여기 사람들 사이에 화제가 되어 있었다.

그것을 불쾌하게 여겨야 할 엠마 비른도 그 이야기를 전혀 부정하지 않으며 오히려 순순히 자신의 패배를 인정했기 때문에 건형에 대한 평가는 한층 높아진 상태였다.

"디 그레더 마이 에 쳐레퍼 뎀, 푸로어컨 리."

그때 지현한테 덴마크 왕자가 다가와서 정중하게 인사를 건넸다. 그러고는 손등을 가져가더니 자신의 입을 맞췄다.

그러나 손등에 직접적으로 입을 맞춘 건 아니었다.

처음에만 해도 깜짝 놀랐던 지현은 그게 유럽식 인사라는 걸 알고 있기에 잠자코 있었다.

그리고 덴마크 왕자는 건형에게도 다가와서 악수를 건넸다.

건형은 썩 좋지 않은 얼굴로 그 인사를 받았다.

그런 헨릭 왕자의 표정이 영 수상쩍었다.

건형이 보기엔 마치 지현을 응큼한 눈빛으로 쳐다보는 것만 같았다.

'이 새끼가.'

그의 눈빛이 너무나도 탐욕스러웠다.

건형이 얼굴을 잔뜩 구겼다.

헨릭은 탄성을 터트렸다.

크고 아름다운 흑진주를 박아 넣은 눈동자, 저 눈동자, 바로 저 눈동자에 마력이 담겨 있었다.

사람의 마음을 단숨에 훔치는.

얼굴을 찡그리는 것조차 매력적으로 느껴질 정도였다.

그러나 이 자리에서 그것을 대놓고 드러낼 수는 없었다.

자신은 덴마크의 왕자니까.

사회의 편견이 있으니까.

건형은 헨릭을 노려봤다.

그래도 덴마크의 왕자다.

게다가 널리고 널린 흔한 왕자가 아니라 왕위 계승 서열 2위의 왕자다.

그 말인즉슨 덴마크의 국왕이 될 수도 있다는 이야기다.

만약 그가 덴마크 왕자가 아니었다면 진즉에 손을 썼을 것이다.

그러나 덴마크 왕자고 또 보는 눈이 많다 보니 자제하고 있었다.

그 후에도 덴마크 왕자는 계속해서 지현에게 치근덕거리는 걸 멈추지 않았다.

휴대폰 연락처를 교환하자는 건 물론 자꾸 영어로 말을 걸었다.

지현이 영어가 능숙하지 않았기에 망정이지 그러지 않았다면 진즉에 열불이 머리끝까지 치솟아 올랐을 터였다.

건형은 자신도 모르게 연인을 건드는 상대를 향해 질투하고 있었다.

이것은 자연스러운 감정이었다.

이미 두 사람은 하나로 연결된 것이나 마찬가지였다.

어쨌든 알 왈리드 왕자는 헨릭 왕자를 적당히 물러서게 했다.

자꾸 그가 지현을 귀찮게 굴고 있다는 것을 알 왈리드 왕자도 잘 알고 있었다.

헨릭은 알 왈리드 왕자의 방해에 더 이상 지현에게 접근할 수가 없었다.

자신이 덴마크 왕위 계승 서열 2위의 왕자라고 하나 사실상 이건 명목상의 지위일 뿐이다.

덴마크 왕가도 영국처럼 군림하나 지배하지 않는 왕가이

기 때문이다.

그렇다 보니 헨릭의 실질적인 권한은 극히 미비하기 이를 데 없었다.

반면에 알 왈리드 왕자는 사우디아라비아 왕위 계승 서열 1위의 왕자일 뿐 아니라 킹덤홀딩 컴퍼니의 최고경영자이기도 했다.

중동에서 가장 큰 영향력을 갖고 있는 그는 세계 20위 이내에 드는 부호 중의 부호로 그야말로 막강한 실력자였다.

헨릭은 그에 비하면 조족지혈로, 이 자리에 그가 네 명의 후원자 중 한 명으로 초대된 것도 알 왈리드 왕자와의 친분이 있었기에 가능한 일이었다.

결국 헨릭이 조용해진 뒤에야 알 왈리드 왕자가 입을 열었다.

"우선 오늘 모여 주신 후원자분들 그리고 대리인 여러분 모두 환영합니다. 내일 저녁에 있을 대회에서 여러분들이 훌륭한 활약을 펼쳐 주길 기대합니다."

간단하지만 힘 있게 이야기한 알 왈리드 왕자.

그리고 그가 이야기를 덧붙였다.

"이번 체스 대회의 상금은 천만 달러이고 우승자에게는 슈퍼 컴퓨터에 도전할 기회가 주어집니다. 슈퍼 컴퓨터는 현재 리야드에 위치해 있고 만약 슈퍼 컴퓨터를 상대로 이 긴다면 천만 달러를 추가로 더 지급할 것입니다."

상금 천만 달러.

백억 원에 달하는 돈이다.

그러나 알 왈리드 왕자에게 그 정도 돈은 얼마 되지 않는 돈이라고 할 수 있었다.

실제로 그가 이번에 전용기를 개조하기 위해 쓴 돈이 무려 1,600억 원에 달할 정도였다.

"나뿐만 아니라 다른 세 분도 만만치 않은 돈을 후원해 주셨다네. 부디 좋은 경기를 보여주길 바라네."

전 세계적으로도 생중계될 이번 경기.

당연히 기대감이 높을 수밖에 없었다.

그리고 파티가 이어졌다.

골드코스트와 그 인근에 위치한 지역의 주민들은 모두 모인 건지 사람들로 바글거리고 있었다.

그때였다.

예순쯤 되어 보이는 중년인이 건형에게 다가왔다.

건형이 그를 바라봤다.

크리스토퍼 뒤퐁.

뒤퐁 가문의 가주로 아담 록펠러와 비견되는 사내다.

세계적인 화학 재벌인 뒤퐁가는 록펠러가, 엘런가에 더불어 미국 삼대 부호로 손꼽히는 가문이었다.

그러나 뒤퐁가는 최근 들어 그 명성에 금이 간 상태였는데 지금 가주로 있는 크리스토퍼 뒤퐁의 삼촌이라고 볼 수 있는 칼 뒤퐁이 이십 년 전 올림픽 은메달리스트를 살해한 혐의로 체포돼 수감 중이었기 때문이다.

그리고 그는 몇 달 전 교도소 감방에서 숨진 채 발견되며 최종적으로 사망 판정을 받은 상태였다.

뒤퐁가의 변호사들은 칼 뒤퐁이 정신 이상자라고 주장했지만 3급 살인죄가 적용되며 징역형을 받고 형을 살고 있었다.

이 일은 미국 역사상 가장 부유한 살인 피의자의 범죄로 회자되었고 뒤퐁가의 명성을 산산히 부서트리는 데 일조하기도 했다.

그렇다 보니 크리스토퍼 뒤퐁의 얼굴빛은 영 좋질 않았다.

"잠시 이야기 좀 나눌 수 있겠나?"

뒤퐁가 가주의 이야기다.

건형은 흔쾌히 고개를 끄덕였다.

"물론입니다."

"그래, 잠시 자리를 옮기지."

건형은 옆에 앉아 있던 지현을 보며 말했다.

"잠시 자리 좀 비울게."

"아, 갔다 와요."

"그러면 우리 아가씨는 제가 맡고 있도록 하죠."

생글생글 웃어 보이는 건 엠마 미른이었다.

뭐랄까.

고양이한테 생선 가게를 맡기는 것 같았지만 그래도 저 능글맞은 덴마크 왕자보다는 나을 터였다.

"부탁드리겠습니다."

"걱정 말고 갔다 와요. 나는 미스 리하고 이야기 좀 나눌 테니까요."

건형은 뒤퐁가의 가주를 따라 나섰다.

한적한 벤치에 도착한 뒤퐁가 가주가 입을 열었다.

"자네, 일루미나티와 어떤 관계인가?"

"예? 그게 무슨 말씀이시죠?"

"허허, 내가 일루미나티에 대해 모를 거 같나? 아담이 얼마 전 한국에 은밀히 갔던 것도 들었네. 자네를 만나기 위해서라고 하더군."

이미 그는 어느 정도 내막을 알고 있는 게 분명했다.

건형이 차분한 목소리로 입을 열었다.

"좋지도, 나쁘지도 않은 애매모호한 관계라고 해 두겠습니다."

"그런가? 신기하군. 일루미나티는 적 또는 아군으로 구별을 하지. 아군이면 무슨 수를 써서 회유를 하고 적이면 바로 제거하지. 그런데 자네는 둘 중 어느 경우에도 속하지 않는단 말이군."

그것을 설명하려면 여태 있었던 일들을 전부 다 이야기했다.

그리고 포토그래픽 메모리, 그러니까 완전기억능력에 대해서도 말해야 했다.

건형은 그 대신 말을 아꼈다.

"말을 할 생각은 없나 보군. 상관없는 일. 그보다 일루미나티를 껄끄럽게 생각하지 않나? 불쾌하게 느낀다거나 말이야."

"갑자기 그것을 여쭤 보시는 저의를 알고 싶습니다. 뒤퐁 가주님."

"우리 가문과 록펠러 가문은 서로 앙숙이니까 물어보는 것이네. 이번에 칼 삼촌을 함정에 빠트린 것도 록펠러 가문이 뒤에서 조작한 일일 테지. 아담은 삼각위원회의 일 인이자 빌더버그 그룹의 수장이기도 하니까."

칼 뒤퐁.

그의 기행에 대해서는 건형도 잘 알고 있었다.

그런데 그것을 일루미나티가 뒤에서 꾸며낸 짓이라고?

"녀석들 덕분에 우리 가문이 보유하고 있는 회사의 주식이 크게 떨어졌지. 덕분에 적지 않은 손해를 봐야 했고. 사회적으로 체면이 깎인 건 물론이고 게다가 든든한 아군마저 잃어버렸네. 이 모든 게 누가 한 것이라고 보는가? 우리를 적으로 규정하고 있는 일루미나티 빼고는 딱히 없을 것이네."

그의 말은 일견 옳아 보였다.

건형이 뒤퐁가의 가주를 바라봤다.

이자는 믿을 수 있는 인물일까?

그보다 이 모임은 도대체 무슨 성격을 띠고 있는 것일까.

애초에 그것을 우선적으로 파악해야 했다.

"아직 알 왈리드 왕자한테 이야기를 듣지 못한 모양이군."

"말씀해 주시면 경청하겠습니다."

"이 모임은 일루미나티를 적으로 규정하고 있네. 알 왈리드 왕자가 이번에 골드코스트로 모임 장소를 바꾼 것도, 자네를 대리인으로 내세운 것도 아무 영향이 없다고 할 수는 없을 거야."

이 모든 게 결국 알 왈리드 왕자가 의도한 일이었다는 이야기가 된다.

알 왈리드 왕자는 무슨 수로든 자신과 일루미나티의 관계를 알아냈을 테고 자신의 존재가 일루미나티에 걸림돌이 된다고 생각하자 바로 행동으로 옮긴 게 틀림없었다. 그리고 그것이 바로 지금 이렇게 나타나고 있는 것이다.

그렇지 않고서야 자신이 여기서 일루미나티가 적으로 규정했다고 하는 뒤퐁가의 가주와 대화를 나눌 리가 없으니까.

"자네, 숨기고 있는 게 뭐지?"

건형은 대답 대신 다른 이야기를 꺼내 놓았다.

"궁금하다면 알 왈리드 왕자 전하한테 물어보면 될 것입니다. 그분은 이미 어느 정도 파악을 끝내 둔 거 같으니까요."

"그런가? 그러면 역으로 하나 물어보지. 포토그래픽 메모리는 실존하는 것인가?"

건형이 그를 바라봤다.

그 역시 알고 있다.

포토그래픽 메모리.

다르게 말하면 완전기억능력.

일루미나티가 가장 경계하는 이 능력.

건형은 어째서 일루미나티가 이 능력을 경계하는지 알고 있다.

사람의 호감을 강제로 살 수 있기 때문이다.

아마도 일루미나티는 오래전 완전기억능력을 가지고 있는 누군가와 혈전을 벌였을 것이다.

그리고 그때 조직 대부분의 힘을 잃어버릴 만큼 큰 타격을 입었을 것이다.

그 대부분은 아군이라고 믿었던 사람들이 역으로 자신을 공격했기 때문일 테고.

그렇다 보니 일루미나티는 완전기억능력을 극도로 경계하게 됐다.

건형이 현재까지 추론한 것은 이러했다.

그리고 여기서 하나.

자신을 굳이 노리지 않는 건 완전기억능력이 아니라고 판단했기 때문일 터였다.

만약 완전기억능력이라면 회유하든가 아니면 제거하려고 했을 것이다.

그러나 그렇게 하지 않을 걸 보면 아직 모르는 게 분명했다.

문제는 언젠가 이 사실이 알려질 것이란 점이었다.

이미 자신에게 마음을 빼앗기고 있는 사람들이 점점 더 늘어나고 있었으니까.

'이건 당분간 봉인해 둬야겠어. 너무 위험해.'

사람이 많아지면 많아질수록 일루미나티의 귀에 들어갈 확률도 높아졌다.

어쩌면 일루미나티는 이미 이 사실을 알고 있을지도 모른다.

그리고 대책 마련에 나섰을 수도 있다.

이 카드 대회가 일루미나티에게 경각심을 갖게 해 줄 공산도 있다.

그러나 한편으로는 그들의 경각심을 덜게 할 좋은 기회가 될 수도 있을 것이다.

일루미나티는 자신이 우승할 것이라고 백 퍼센트 확신하고 있을 터.

여기서 슈퍼 컴퓨터를 상대로도 승리할 수 있을 것이라고 생각할지도 모른다.

그 상황에서 자신이 피를 토하며 쓰러진다면?

불완전기억능력이 폭주하고 있는 것이라고 생각하게 되지 않을까.

'졸지에 생각지도 않은 연기 연습을 하게 생겼네.'

건형은 한숨을 몰아쉬었다.

완전기억능력이 생긴 뒤로 좋은 일이 연거푸 생긴 건 사실이지만 반면에 불편한 일도 늘었다.

개중 가장 불편한 상황은 바로 어떤 커다란 단체와 척을 지고 있는 일이었다.

그리고 그 단체는 일루미나티고.

그때였다.

무언가 낌새가 이상했다.

지현의 기운이 자꾸 이곳에서 멀어지고 있었다.

'어떻게 된 거지?'

건형은 크리스토퍼 뒤퐁을 뒤로한 채 연회장으로 빠르게 달려갔다.

벤치 한구석에 기절해 있는 엠마 미른이 눈에 들어왔다.

그런데 지현은 온데간데없었다.

그리고 그 빌어먹을 능글맞던 덴마크 왕자도 온 데 간 데 보이질 않고 있었다.

건형은 침착하기 위해 애썼다.

아직 무슨 일이 일어난 건지는 확인되지 않았다.

지현은 여기서 그렇게 멀리 떨어지지 않은 곳에 있었다.

그는 알 왈리드 왕자에게 다가가서 물었다.

"왕자님, 헨릭 왕자님은 어디에 계십니까?"

"글쎄. 방금 전까지 연회장에 있었는데……."

"엠마 양이 기절했습니다. 그리고 제 연인이 헨릭 왕자와 함께 사라졌습니다."

알 왈리드 왕자를 건형을 바라봤다.

무언가 문제가 터졌다.

그는 다급히 비서를 불러들였다.

"헨릭 왕자는 어디를 간 건가!"

"그, 그게 저도 잘 모르겠습니다."

"헨릭 왕자의 호위는?"

"다들 안 보입니다."

이쯤 되자 난처해진 건 알 왈리드 왕자다.

이번 연회를 준비한 것도, 건형과 지현을 초대한 것도 그이기 때문이다.

또, 헨릭 왕자와 친분을 갖고 있는 것도 그다.

문제가 생긴다면?

그가 책임을 져야 한다.

"잠시 기다려 주게. 내가 어떻게 해서든 해결하도록 하겠네."

그러나 더는 기다릴 수 없었다.

지현한테 무슨 일이 생길지 알 수 없는 상태.

건형은 차가운 눈빛으로 알 왈리드 왕자를 노려보며 말했다.

"제가 직접 찾을 것입니다. 그리고 만약에 무슨 일이 생긴다면 그때 여기 있는 사람들에게 책임을 물을 것입니다."

"이자가!"

알 왈리드 왕자를 지척에서 모시고 있는 비서실장이 건형을 노려보며 소리를 지르려 했다.

알 왈리드 왕자가 누군가?

그가 보기에 건형은 평민일 뿐이다.

그런 평민이 왕자한테 하극상을 저지르려 하는 것이다.

불쾌할 수밖에 없었다.

그렇지만 그는 더 이상 말할 수 없었다.

어느새 지척에 이른 건형이 차가운 눈빛으로 그를 노려보고 있어서였다.

그리고 그 눈빛에서는 푸른색 기운이 줄기차게 뿜어지고 있었다.

'이, 인간이 아니야.'

"명심해 둬. 당신을 계속해서 가만히 둔 건 알 왈리드 왕자 때문이야. 지현이한테 털끝만 한 상처라도 있다면 그때는 무사하지 못할 거야."

건형은 그 말만을 남긴 채 자리를 빠져나갔다.

잠자코 있던 알 왈리드 왕자.

비서실장이 알 왈리드 왕자를 쳐다보며 말했다.

"전하. 저자를 가만히 두실 생각이십니까?"

"휴, 자네는 다 좋은데 그 지나친 충성심이 오히려 문제군."

"예?"

"지금 당장 헨릭 왕자를 찾아내. 찾아내서 내 앞에 데려와. 그보다 빨리 움직이지 않으면 내일 자네가 어디에 끌려가 처박혀 있을지 생각도 못 하게 될 테니까."

알 왈리드 왕자가 분노했다.

자신이 주관하는 행사였다.

우애를 다지고자 했다.

그리고 건형과도 친분을 맺어 두고 싶었다.

일루미나티가 극도로 경계하는 자.

일루미나티와 대립각을 세우고 있는 그로서는 반드시 포섭해야 할 인물이었다.

그런데 덴마크의 왕자가 자신의 얼굴에 똥칠을 하게 생겼다.

'애초에 라르슨 왕세자가 왔어야 했거늘.'

왜 라르슨 왕세자가 아닌 헨릭 왕자가 여기 왔는지 모르는 바 아니다.

덴마크의 국왕 루카스 올거 왈데마르는 엇나가기만 한 자신의 둘째 아들을 염려스러워했다.

그래서 그는 이번 모임에 첫째 아들이 아닌 둘째 아들을 참석시키기로 했다.

각 나라의 고위직 인사들과 만나서 대화를 나누고 교류를 하며 자신이 우물 속 개구리임을 깨닫고 나아진 모습을 보여 주길 바랐기 때문이다.

알 왈리드 왕자도 그 뜻을 이해했다.

그래서 라르슨 왕세자가 아닌 헨릭 왕자가 온다는 말에도 흔쾌히 그 요청을 받아들였다.

그런데 문제는 그 헨릭 왕자가 자신의 귀빈에게 몹쓸 짓을 하려고 한다는 점이었다.

'이럴 줄 알았으면 감시를 더 붙여 두는 거였어. 뒤퐁가의 가주가 뜬금없이 프로페서 팍을 데려가는 바람에 내 입장마저 난처해졌어.'

지금 상황에서 가장 중요한 건 헨릭 왕자.

그가 허튼 사고를 치지 않는 것이었다.

건형은 지현의 기척이 느껴지는 곳으로 맹렬하게 움직였다.

그들이 향하고 있는 곳은 골드코스트의 삼대 호텔 중 하나인 베르사체 호텔이었다.

건형은 온몸의 기운을 끌어올렸다.

푸른색 기운이 줄기차게 뿜어져 나왔다.

그리고 그것은 그의 신체를 극한으로 움직일 수 있게끔 만들었다.

순식간에 그림자만을 남기며 건형의 몸이 쭉쭉 뻗어 나갔다.

그를 감시하고 있던 뒤퐁가의 몇몇 요원들은 건형이 순식간에 사라지자 패닉 상태에 빠졌다.

뒤퐁가 가주가 무조건 그를 감시해 두라고 했는데 온 데 간 데 사라지고 없었기 때문이다.

건형은 삽시간에 베르사체 호텔 앞에 도착했다.

이 안에 지현이 있다.

그는 안으로 발걸음을 들여놓았다.

그리고 지현의 기척이 느껴지는 곳을 향해서 빠르게 달려갔다.

"멈춰!"

"멈추라고!"

베르사체 호텔 보안 요원들이 건형을 막아서려 했다.

그러나 그는 막아서는 그들을 무시한 채 안으로 깊숙이 들어섰다.

덴마크 왕자가 머무르고 있는 곳은 베르사체 호텔에서도 가장 깊숙한 곳에 자리 잡고 있는 임페리얼 스위트룸이었다.

이미 그 주변을 덴마크 왕가 출신의 특수요원들이 철통같이 호위하고 있었다.

그리고 건형이 도착하자 그들은 건형 앞을 막아서기 시작했다.

"왕자님께서 그 누구의 출입도 불허하셨다."

"비켜라."

그들이 건형을 둘러싸았다.

평소였다면 건형은 이들을 차근차근 제압했을 것이다.

그러나 지금은 그럴 시간도 부족했다.

이미 그놈이 더욱더 날뛰고 있을 터.

건형은 그들을 순식간에 제압했다.

뇌파의 힘을 이용, 단숨에 그들을 정신적으로 엮어버린 것이었다.

그와 함께 일시적으로 사고 회로를 막아 버렸다.

건형은 푹푹 쓰러지는 경호원들을 뒤로한 채 임페리얼 스위트룸 안으로 발걸음을 들여놓았다.

두근두근—

심장이 거세게 뛰었다.

만약 지현이 험한 꼴이라도 당하게 됐다면?

어떻게 해야 할까.

최대한 빨리 온 것임에도 불구하고 걱정스러운 마음이 먼저 드는 게 사실이었다.

그는 조심스럽게 지현의 기척이 느껴지는 곳으로 향했다.

그리고 안에 들어선 순간.

건형이 눈을 휘둥그레 떴다.

지현은 덴마크 왕자 헨릭과 웃음꽃을 피우며 담소를 나누고 있었다.

건형이 들어서자 덩달아 놀란 건 지현이었다.

"어떻게 여기 있는지 안 거야?"

"……그보다 아무 일도 없던 거야?"

"으, 으응. 그냥 왕자님하고 오빠 이야기를 하고 있었어."

"내 이야기?"

"하하, 프로세서 팍도 왔군. 이거 미안하게 됐네. 단둘이 나눌 이야기가 있어서 말이야. 그리고 슬슬 파티가 지겨워지기도 했고. 그 때문에 여기로 넘어왔다네."

"제 연인입니다. 갑자기 그렇게 데려가는 게 어디 있습니까?"

"응? 미스 리. 프로세서 팍한테 연락한 거 아니었습니까?"

"그러니까 아까 통화가 안 돼서 메시지를 보내 놨었는데……."

그녀가 얼굴을 붉혔다.

"아까 잘 안 터지더니…… 발신이 안 됐었어요."

"엠마는……."

"엠마 언니는 술이 약한 모양이에요. 금세 취해서 뻗었거든요. 그래서 알 왈리드 왕자님의 비서분한테 이야기해서 숙소로 옮겨달라고 했는데……."

결국 오해에서 비롯된 일이었던 모양이다.

건형은 한숨을 길게 내쉬었다.

그 모습을 보던 헨릭이 머리를 긁적이며 말했다.

"아무래도 무언가 오해를 하신 모양이군요. 저는 그저 프로페서 팍이 어떤 사람인지 궁금해서 미스 리를 모셔온 거뿐입니다."

"예?"

건형이 헨릭을 쳐다봤다.

그러면 아까 전 지현을 향해 보이던 그 눈빛은 뭐란 말인가.

"하하, 오해하지 말아 주시길 바랍니다. 저는 미스 리한 테는 전혀 관심이 없습니다."

건형은 헨릭 왕자를 바라봤다.

잘생긴 유럽 모델 느낌 나는 그는 끈적한 눈길로 자신을 쳐다보고 있었다.

그러면 아까 전 보였던 그 눈빛이 설마 자신을 향한 것이 었을까.

그 모습에 헨릭 왕자가 한숨을 살짝 내쉬며 말했다.

"음, 프로페서 팍이 생각하는 게 맞습니다. 그러나 저는 상대가 싫어하면 저 역시 억지로 그렇게 하지 않습니다. 그러니까 그렇게 부담스럽게 생각하지 말아주십시오. 그냥 프로페서 팍이 그간 해낸 업적이 워낙 대단하다 보니 어떤 사람인지 궁금했을 뿐입니다."

"알겠습니다. 어쨌든 다음부터는 이런 일은 없었으면 합니다."

"죄송합니다. 별문제 되지 않을 것으로 봤습니다."

"그럴 리가 있겠습니까? 제 연인이 갑자기 사라졌습니다. 엠마는 정신을 잃고 있었고요."

"제 불찰입니다. 죄송합니다."

연거푸 헨릭 왕자가 고개를 숙여 보였다.

왕족이 자존심을 내려놓고 계속 사과를 한 것이다.

그렇다 보니 더는 그를 몰아붙일 수도 없었다.

건형은 지현을 데리고 그 자리를 빠져나왔다. 그리고 정신을 잃고 축 늘어져 있는 헨릭 왕자의 경호원들을 상대로 펼쳤던 정신 제어를 풀어트렸다.

그러는 한편 지혁한테 전화를 걸어서 헨릭 왕자가 게이가 맞는지 알아봐 달라고 부탁했다.

베르사체 호텔에서 쉐라톤 미라지 호텔로 가는 동안 휴대폰이 울렸다.

발신인은 알 왈리드 왕자였다.

"심려를 끼쳐 죄송합니다. 아무래도 제가 오해를 했던 모양입니다."

[아니네. 오히려 잘 풀려서 다행이야. 미스 미른은 내가 사람을 시켜 숙소로 들여보냈네. 칵테일인 줄 알고 독한 위스키를 스트레이트로 마셨던 모양이야. 내일 대회에는 대

리인 자격으로 나올 것인가?]

헨릭 왕자가 여러모로 껄끄럽다.

특히 그의 눈빛이 지나칠 정도로 부담스러웠다.

그렇지만 이미 약속한 일이다.

그리고 오늘 일로 그에게 빚을 하나 지게 됐다.

아무래도 나갈 수밖에 없을 듯했다.

"나가겠습니다."

[고맙네.]

전화가 끊기고 지혁에게 연락이 왔다.

[어, 나야. 한번 알아봐 달라고 한 거 찾아봤는데 그쪽에 그런 소문은 퍼진 적이 없어. 헨릭 왕자가 게이인지는 밝혀지지 않았어.]

"그래요?"

[응. 무슨 일 있던 거냐?]

"조금 불미스러운 일이 있었어요."

건형은 자초지종을 이야기했다.

묵묵히 이야기를 듣고 있던 지혁이 조심스럽게 입을 열었다.

[네 마음 이해 간다. 나라도 그랬을 거야. 그만큼 지현이를 아껴 주면 되는 거야. 다른 사람 눈치는 보지 말고. 무슨

말인지 알지?]

"고마워요, 형. 귀국하면 봐요."

[그래.]

그래도 지혁의 씀씀이 덕분에 마음이 한결 가벼워졌다.

그때 지현이 건형을 바라보며 물었다.

"괜히 제가 걱정하게 만들었나 봐요."

"아니야. 괜찮아. 오히려 내가 오해해서 미안해."

"그건 그렇고 헨릭 왕자가 게이라니 의외네요. 그렇게 잘생긴…… 남자가 말이죠. 그리고 오빠를 좋아하는 거 같다는 것도 좀 그렇고요."

뒤로 갈수록 지현은 이를 앙다무는 것 같았다.

질투하는 걸까?

건형은 그런 지현이 귀엽기만 했다.

"별일 없었으니 잘 된 거지."

건형은 그런 지현을 껴안은 채 오른손을 잡았다.

그때 지현이 하나하나 손가락을 엇갈리게 해서 바짝 맞춰 잡았다.

깍지를 낀 셈이다.

건형이 의아한 얼굴로 지현을 바라봤다.

그 모습에 지현이 미소를 지어 보이며 말했다.

"오빠 어디 도망가지 못하게 제가 잡아 두려고요."

"응?"

"깍지를 끼면 그렇게 할 수 있데요."

건형이 얼굴을 살짝 붉혔다.

그렇게 쉐라톤 미라지 호텔로 돌아왔을 때 건형은 또다시 슈퍼스타 멤버들과 엘리베이터 앞에서 마주할 수 있었다.

"오늘 참 여러 번 만나 뵙네요."

박가연이 웃으며 입을 열었다.

"그러게요. 아까 연회장에서도 봤죠?"

"네, 귀빈들과 함께 가시길래 차마 말을 건네질 못했네요."

"그러면……."

그때였다.

잠자코 있던 혜미가 불쑥 입을 열었다.

"오빠가 머물고 있는데 놀러 가면 안 돼요?"

원래 쾌활하고 밝은 성격의 그녀다.

그런데 요 며칠 풀이 확 죽어 있는 게 눈에 보였다.

얼굴빛은 까맣고 생기를 팍 잃은 느낌이랄까.

건형이 망설이고 있을 때 지현이 흔쾌히 고개를 끄덕였다.

"그래, 같이 올라가자. 언니들도 함께 가요."

갑작스러운 지현의 변화에 건형이 당황스러워할 때 지현이 미소를 지어 보였다.

'괜찮아요. 오빠.'

이미 건형이 자신을 얼마나 사랑하는지 알게 됐는데 걱정할 건 아무것도 없었다.

Chapter. 06

걸그룹 슈퍼스타 멤버들만 건형과 지현의 방으로 오게
됐다.

남자 한 명과 여자 다섯 명이다.

매니저와 코디는 따로 자신들의 숙소를 찾아서 자리를
옮겼다.

"있다가 봐."

"늦지 않게 들어오고."

"네."

"네!"

유독 혜미 목소리가 활기차 보였다.

건형은 걱정스러운 얼굴로 그녀를 쳐다봤다.

그녀를 처음 만난 건 방송국 무대에서였다.

무대 뒤에서 갑작스럽게 그녀가 자신한테 연락처를 물어 보고 팔짱을 꼈었다.

그리고 지현이 그 광경을 보고 대판 싸우게 됐지.

꽤 오래전 일이다.

그 후 건형은 혜미와 틈틈이 연락을 하고 지냈다.

활발하고 밝고 명랑한 그녀는 여러 사람한테 에너자이저 같은 존재였다.

그리고 건형은 퀴즈의 신을 촬영할 때 그녀를 게스트로 만났다.

들어 보니 혜미가 진명제 PD한테 그렇게 졸랐다고 하든 가.

아무래도 그때 자신한테 호감을 품은 것 같은데 건형 입 장에서는 영 껄끄러웠다.

이미 자신한테는 지현이 있었으니까.

어쨌든 그런 생각을 하고 있을 때 그들을 태운 엘리베이 터가 빠른 속도로 올라가기 시작했다.

순식간에 상층부에 도착한 뒤 일행이 내렸다.

디럭스 스위트룸에 들어온 순간 다들 눈을 휘둥그레 떴다.

"와, 장난 아니다."

"진짜 예쁘다."

"저기 봐! 꺄아."

슈퍼스타 멤버들은 놀란 얼굴로 방 안을 둘러보기 시작했다.

하룻밤 머무는데 백만 원 정도 드는 디럭스 스위트룸답게 방 안은 호화롭게 꾸며져 있었다.

그녀들이 머무르고 있는 수페리어룸에 비하면 그야말로 대궐 수준이었다.

이리저리 주변을 둘러보고 있는 사이 지현도 슈퍼스타 멤버들에 이끌려서 발걸음을 옮겼다.

그때 뒤따라가던 혜미가 건형을 붙잡아 세웠다.

그리고 그의 손을 잡아끌고 반대편 방향으로 움직였다.

"오빠, 잠깐만 저와 이야기 좀 해요."

"여기서 이야기해도 돼."

"단둘이서 해야 할 이야기예요."

"⋯⋯."

건형이 지현 쪽을 바라봤다.

혜미의 눈동자에 눈물이 고였다.

건형과 지현, 두 사람 사이가 얼마나 돈독한지 짐작이 갔다.

그러나 그녀는 눈물을 꾹 참고서는 건형을 억지로 잡아끌었다.

다른 방에 들어온 뒤 혜미가 건형을 바라보며 말했다.

"오빠, 진짜 지현이하고 결혼할 생각이에요?"

"아직 모르겠지만…… 아마 그렇겠지?"

"……."

여기 오는 동안 혜미는 내내 고민했다.

지현이는 그녀의 돈독한 친구다. ANK 엔터테인먼트에 있을 때부터 동갑내기라서 서로 의지하며 지냈다.

그리고 지금도 여전히 가까운 친구 사이다.

그런데 그 사이를 건형이 가로막았다.

혜미는 갈등할 수밖에 없었다.

친구냐 사랑하는 사람이냐.

그리고 오늘 그 결정을 내릴 생각이었다.

그전에 앞서 건형에게 확답을 들어야 했다.

"저도 정말 오빠 많이 좋아했거든요. 오빠도 알죠?"

건형은 혜미를 바라봤다.

어떻게 해야 할까.

어떻게 해야 그녀한테 상처를 입히지 않고 좋게좋게 이야기할 수 있을까.

그러나 그런 방법은 없다.

이럴 때에는 직구가 답이다.

곰곰이 고민하던 건형이 입을 열었다.

"휴, 오해하지 말고 들어. 그 감정은 일시적인 것일 뿐이야. 그리고 나는 지금 지현이를 무척 사랑하고 있어."

"……."

혜미의 얼굴이 굳어졌다.

자신의 마음을 다 보여줬다.

그럼에도 그는 지현을 택했다.

이러면 어떻게 해야 할까.

건형이 한숨을 내쉬며 혜미를 토닥이려 할 때였다.

갑작스럽게 혜미가 건형에게 달려들었다.

그리고 순식간에 입을 맞췄다.

건형이 황급히 그녀를 밀어내려 할 때였다.

쨍그랑—

무언가 깨지는 소리가 났다.

오렌지 쥬스가 담긴 유리잔이었다.

그리고 그것을 깨트린 건 지현이었다.

믿을 수 없었다.

두 사람이 입을 맞추다니.

건형이 자신을 배신하지 않았으리라는 건 알고 있다.

그러나 그건 이성적인 부분이다.

감성적인 부분은 그렇지 않다고 외치고 있었다.

'너가 속은 거라고.'

'혜미가 너를 배신했다고!'

누군가 먼저 입을 맞췄을 테고 건형이 아니라면 혜미가 그랬을 것이다.

자신과 사귀는 걸 알면서도.

그랬다.

건형은 혜미를 떼어 냈다.

그리고 지현에게 다가갔다.

엉거주춤 뒤로 물러서던 지현이 주저앉았다.

깨진 유리잔을 밟으며 발바닥이 깊게 베였다.

피가 흘러나오고 있었다.

"오해하지 마. 일단 상처부터 보자."

꽤 깊이 베인 상처.

건형은 다급히 전화를 걸었다. 그리고 호텔 카운터로 전화를 걸었다.

그런 다음 근처 병원을 수소문해 줄 것을 부탁했다. 응급차를 부탁하는 것도 잊지 않았다.

그동안 지현은 멍한 얼굴로 혜미를 바라보고 있었다.

믿을 수 없었다.

연예계에서 가장 친하다고 생각했던 친구가 자신을 배신하다니.

"너는…… 있다가 와서 이야기하자."

건형은 혜미를 뒤로한 채 지현을 끌어안은 상태로 엘리베이터를 타고 내려왔다.

그런 다음 응급차를 타고 병원으로 향했다.

병원으로 향하는 동안 지현의 상태는 여전히 좋지 않아 보였다.

실망, 충격, 배신감, 두려움, 상실감.

온갖 감정이 소용돌이치고 있었다.

건형은 한숨을 길게 내쉬었다.

이 모든 게 자신의 잘못이었다.

응급실에 도착한 뒤 외과의사가 황급히 내려와서 지현을

진료하기 시작했다.

이 모든 건 알 왈리드 왕자가 뒤에서 편의를 봐준 덕분에 가능한 일이었다.

그렇지 않았으면 며칠 이상 걸렸을 터.

건형 입장에서는 그가 봐준 편의가 여러모로 고마웠다.

"크게 베이진 않았네요. 붕대로 며칠 감아 두면 될 거 같습니다. 그래도 수영은 일체 금지입니다. 샤워도 며칠 동안은 안 하는 게 나을 거 같습니다. 그리고 정신적으로 약간 충격을 받은 거 같던데…… 무슨 일이 있었습니까?"

휴양차 놀러 왔다가 다투고 싸우는 신혼부부를 한두 번 본 게 아니다.

이 커플도 왠지 그런 게 아닌가 싶었다.

병원 이사장이 빨리 내려가서 보라고 닦달했기에 망정이지 그러지 않았으면 그가 직접 내려오는 일은 없었을 것이다.

이 정도면 레지던트 정도만 되어도 쉽게 봉합할 수 있는 상처였으니까.

'도대체 어느 집 자식이길래. 생각해 보니 병원 이사장이 동양인을 챙기라고 한 건 이번이 처음이군.'

어쨌든 그는 퉁명스럽게 말을 내뱉고는 다시 자리를 떴다.

이 동양 여자보다 더 중요한 환자가 입원해 있었기에 그의 진료를 봐야 했다.

자신은 생명을 살리는 의사였으니까.

건형은 지현을 데리고 다시 호텔로 돌아왔다.

이미 슈퍼스타 멤버들은 돌아간 지 오래였다.

침대에 지현을 눕혀 놓고 건형이 물을 가져오려 할 때였다.

"오빠."

그동안 한마디도 말이 없던 지현이 입을 열었다.

건형이 반색하며 말했다.

"응, 말해."

"아까 어떻게 된 거예요?"

건형이 한숨을 길게 내쉬었다가 아까 전 일어났던 일에 대해 이야기했다.

자신이 혜미를 설득하려 했고 그녀를 떨쳐내려 했지만 혜미가 갑자기 입술을 맞춰 왔다는 것을.

처음에만 해도 담담히 듣던 지현은 얼굴을 찡그렸다.

"그렇게 됐군요."

"휴, 미안해."

"오빠 피할 수 있었는데 일부러 안 피한 건 아니죠?"

"그럴 리가. 진짜 나도 당황했다고. 그렇게 말하면 혜미가 알아서 물러날 줄 알았지."

"바보. 그러니까 내가 오빠는 가만히 있으라고 했잖아요."

툴툴거리며 지현이 말을 이었다.

"혜미는 쉽게 포기하지 않는 애라고요. 그래서 제가 해결하려고 했던 건데……. 어떻게 할 거예요! 치, 잘난 남자 만나도 힘들다니까. 나도 좋다고 달려드는 남자가 얼마나 많은데……."

건형이 얼굴을 찌푸리며 지현을 쳐다봤다.

"누구야? 도대체 누가 그래! 어?"

"치, 됐어요. 혜미 일은 제가 알아서 할 테니까 그냥 오빠는 개입하지 마요. 그럴수록 불난 혜미 마음에 기름만 붓는 격이니까. 그보다 발이 이렇게 됐으니 물놀이는 못 하겠네요."

"그러게. 놀러 온 건데 어떻게 하냐."

"괜찮아요. 어차피 오빠 체스 대회 나가야 하잖아요. 그거나 구경할래요. 그런데 그 재능을 부여해 준 사람이 민영이 말고 또 더 있는 거예요?"

"응."

"또 누가 있어요? 여자는 아니겠죠?"

"여자는 지난번에 말한 민영이를 비롯해 두 명 정도고

나머지는 우리 회사 사람들이야."

"응? 우리 회사 사람요?"

"너 강산 씨 알지?"

"네, 알죠. 요새 정말 연기 잘한다고 난리가 아니던데. 충무로에 새로운 별이 떴다고 들썩이던데요?"

"그 사람도 원래 그렇게 연기를 잘하는 배우는 아니었어."

지현도 그 이야기를 얼핏 코디를 통해 들은 적이 있었다.

원래 강산이 그렇게 연기를 잘하는 배우는 아니었는데 어느 순간 갑자기 연기에 눈을 뜨면서 충무로의 기대주로 성장하기 시작했고 몇몇 영화에 출연하면서 명품 배우로 주목받고 있다고 말이다.

실제로 강산은 최근 주연급 역할을 맡게 될 시나리오 몇 개를 받아 놓고 진지하게 고민을 하고 있는 것으로 알고 있었다.

실제로 자신한테도 여러 차례 조언을 구하기도 했으니까.

"그러다가 내가 재능을 일깨워 주면서 연기에 눈을 뜨게 됐지."

"그러면 그 재능을 부여하는 거하고."

"응. 그 재능을 부여해 준 사람들 모두 나한테 지나칠 정도로 호감을 가지고 있어. 민영이도 그렇고."

"앞으로는 그 능력 쉽게 쓰지 않는 게 좋겠어요. 너무 위험해요."

"그러려고 이미 자제하는 중이야. 해결책을 찾고 나서 쓰는 것도 늦지 않다고 생각했거든. 여하튼 미안해. 괜히 나 때문에 이런 사단이 났네."

건형이 지금 할 수 있는 건 그녀를 위로하는 일뿐이었다.

늦은 밤이 되어 갈 무렵 건형은 지현을 남겨 둔 채 옆방으로 자리를 옮기려 했다.

지현이 그런 건형을 붙잡았다.

"응? 왜?"

"옆에 있어 주면 안 돼요?"

"……괜찮겠어?"

혜미 일 때문에 그녀가 심란할까 봐 자리를 옮기려 했던 건형이었다.

그러나 지현은 아무 말 없이 그의 손을 잡아끌기만 했다.

한 번 이 손을 놓으면 영원히 그의 손을 놓치게 될 것만 같았다.

건형이 눈을 떴다.

푹신푹신한 침대 감촉이 느껴졌다.

하얀색 커튼을 통해 들어오는 햇살이 눈이 따가울 정도로 눈부셨다.

그는 옆을 돌아봤다.

아름다운 여자가 베개를 벤 채 잠들어 있었다.

그녀의 이름은 지현.

건형이 가장 사랑하는 여자다.

그때 잠꼬대를 하며 그녀가 몸을 뒤척였다.

그러면서 이불이 살짝 아래로 흘러내렸다.

새하얀 나신이 모습을 드러냈다.

그녀는 전라 상태였다.

건형이 숨을 크게 내쉬었다.

금세 얼굴이 붉게 달아올랐다.

"으음."

그녀가 잠에서 깨려는 듯 몸을 비틀기 시작했다.

그럴 때마다 점점 더 이불이 내려가며 나신이 드러났다.

햇볕을 받은 나신이 눈부시게 빛을 뿜어내고 있었다.

더 이상 참지 못한 건형은 침대에서 일어나려 했다.

그때 어느새 잠에서 깬 지현이 건형을 못 잡게 붙잡았다.

"이 손, 놓지 않을 거예요."

"깨어 있었어?"

"오빠도 늑대네요. 엉큼해요."

"아, 아니. 남자라면 누구나 그럴 수밖에 없는 거지. 뭐."

건형이 점점 말끝을 흐렸다.

이건 충분히 항변할 수 있는 상황이었다.

자신의 잘못이 아니다.

너무나도 아름다운 지현의 잘못이다.

"조금만 더 자면 안 돼요?"

"그럴까?"

"네. 어제 너무 일찍 잤잖아요."

건형이 시간을 헤아렸다.

어제 몇 시에 잤더라?

새벽 네 시? 다섯 시?

그런데도 일찍 잤다고?

건형이 지현을 빤히 쳐다봤다.

도대체 저 순수한 얼굴로 무슨 생각을 하고 있는 것일까.

"오해하지 마요. 인터넷에 보니까 웬만하면 열 시간 넘게 한다고……."

이불을 눈 아래까지 덮으며 그녀가 말끝을 흐렸다.

"하하."

건형이 어색하게 웃어 보였다.

그 말을 다 뻥이라고 하고 싶지만.

남자의 자존심이 그것을 용납하지 않을 것 같았다.

'있다가 카드 대회 때까지 서핑이나 하려고 했는데…….'

무궁무진한 관광의 명소가 바로 골드코스트다.

이것저것 하고 싶은 일이 더 많았는데 여러모로 아쉬웠다.

그렇지만 여기서 그녀의 말을 거절할 수도 없었다.

건형이 고개를 끄덕이고서는 다시 침대에 누웠다.

아직 밤은 끝나지 않은 상태였다.

두 사람이 침대에서 일어난 건 오후 두 시 무렵이 다 되어서였다.

"배고프지 않아?"

"많이 배고파요."

"그냥 룸서비스 시켜서 먹을까?"

"음, 네. 그리고 쇼핑하러 가면 안 돼요?"

"쇼핑이라…… 그래, 그렇게 하자."

건형이 힘없이 고개를 끄덕였다.

서핑을 하려 했는데 아무래도 이건 뒤로 미뤄 둬야 할 것 같았다.

"그리고 서핑도 하러 가고요."

건형이 지현을 쳐다봤다.

왠지 하룻밤 만에 밀당녀가 된 느낌이다.

그러나 이것도 나쁘지 않았다.

색다른 매력을 보는 느낌이랄까.

두 사람은 룸서비스를 시켜 먹고 난 다음 오아시스 쇼핑 센터로 향했다.

100개가 넘는 전문 샵들과 다채로운 서비스를 즐길 수 있는 곳이다.

1층에는 신선한 음식과 과일 등이 준비되어 있는 울월스(마켓)와 여러 전문 소매상들이 자리 잡고 있었다.

이것저것 과일들을 만져 보며 구경하던 두 사람은 여러 쇼핑 센터를 둘러보며 살 만한 것이 있나 찾아보기 시작했다.

그렇게 쇼핑 센터를 한참 둘러보던 두 사람은 노을이 질 무렵 쉐라톤 호텔로 되돌아왔다.

슬슬 체스 대회가 열릴 시간이었다.

서핑은 다음으로 미뤄야 할 것 같았다.

두 사람이 쉐라톤 미라지 호텔로 돌아와서 종업원한테 짐을 옮겨 달라고 부탁했을 때였다.

커다란 리무진이 쉐라톤 미라지 호텔 앞에 도착했다.

그 리무진 앞에는 사우디아라비아의 국기가 꽂혀 있었다.

알 왈리드 왕자가 보낸 게 분명했다.

"미스터 팍? 미스 리? 알 왈리드 왕자님께서 보내셨습니다."

한눈에 봐도 눈에 딱 들어오는 커플이다.

특히 여자는 눈부실 정도로 아름답다.

리무진 운전기사는 알 왈리드 왕자가 말한 커플이 이 두 사람이라고 확신하고 있었다.

옷을 갈아입고 난 뒤 두 사람은 리무진을 타고 주피터 카지노 호텔로 향했다.

이미 많은 사람들이 몰려 있었다.

이들 모두 골드코스트에서 열릴 체스 대회를 보고자 몰려 온 사람이었다.

개최자 알 왈리드 왕자를 보며 뒤퐁가의 가주 크리스토퍼 뒤퐁이 물었다.

"알 왈리드 왕자, 그를 믿어도 되겠습니까?"

"물론입니다. 제 눈은 정확합니다."

"왕자의 눈을 의심하는 건 아닙니다. 그러나 걱정스럽습니다."

"걱정할 게 없습니다. 그는 분명히 우리 편입니다. 일루미나티와 그는 싸울 수밖에 없습니다. 커다란 산등성이 위에 사자가 두 마리 있다고 칩시다. 한 마리만 살아남을 수있는 산이라면 어떻게 되겠습니까?"

"당연히 두 사자가 서로 물고 뜯고 싸우겠군요."

"그렇죠. 그와 일루미나티는 그런 관계입니다. 그리고 우리는 그 후를 노리면 됩니다. 사자 한 마리가 상처 입는 그 순간을 말이죠."

"후, 알겠습니다. 왕자님."

크리스토퍼 뒤퐁이 고개를 끄덕였다.

그때 리무진이 때맞춰 주피터 카지노 호텔에 도착했다.

이 파티의 주인공이라고 할 수 있는 건형과 지현이 리무진에서 내렸다.

카메라 플래시가 사방에서 터졌다.

크렐레 저널에 리만 가설의 함수를 증명한 박건형이 알왈리드 왕자의 대리인으로 참가했다는 것이 알려지며 각국에서는 대대적으로 기자들을 파견한 상태였다.

그러면서 졸지에 골드코스트 체스 대회는 여러모로 주목을 받고 있었다.

그렇게 네 명의 대리인이 모두 대회장에 도착했다.

첫 번째 매치로 중국 최고의 체스 고수 천츄파는 마누엘 칼슨을 상대하게 됐고 건형은 세계 체스 랭킹 1위를 차지하고 있는 그랜드 마스터 제임스 왓슨과 맞붙게 됐다.

크리스토퍼 뒤퐁이 방긋 웃으며 말했다.

"내 대리인과 붙게 됐군."

"지난번에는 실례가 많았습니다."

지난번 건형은 그와 대화를 나누다가 중간에 지현 일로 급하게 자리를 빠져나온 적이 있었다.

건형이 말한 건 그에 관한 사과였다.

크리스토퍼 뒤퐁이 웃으며 말했다.

"괜찮네. 그건 나중에 식사를 하면서 풀기로 하고. 오늘 대결 기대하겠네."

건형이 고개를 끄덕였다.

그로서는 이번 대결에서 이겨야 할 이유가 있었다.

원래 그가 이번 체스 대회에 참가할 이유는 없었다.

그러나 알 왈리드 왕자가 그에게 한 가지 귀한 것을 걸었다.

완전기억능력에 관해 일루미나티가 숨겨 두고 있는 정보.

건형이 원하는 건 바로 그것이었다.

또, 건형은 이번 대회를 좋은 기회로 생각하고 있었다.

일루미나티라는 강대한 적을 공동으로 상대할 아군이 생

긴 셈이니까.

그러나 한 가지 마음에 걸리는 점이 있었다.

이들의 공통점은 하나다.

일루미나티와 대적하고 있다는 것.

그렇지만 보통 일루미나티와 대적하는 자들은 좀처럼 자신을 드러내질 않는다.

워낙 강력한 일루미나티의 힘 때문이다.

그런데 이들은 직접 자신을 드러냈다.

바로 이곳 골드코스트에서.

그리고 성대하게 체스 대회를 열었다.

그 이면에 숨겨져 있는 이유를 알아내야 했다.

어째서 일루미나티가 껄끄럽게 여길 것을 알면서도 이런 대회를 열었는지.

체스 대회가 시작되기 전 알 왈리드 왕자는 자신을 비롯한 참가자들을 불러모았다.

중국의 총서기 친원싼, 뒤퐁가의 가주 크리스토퍼 뒤퐁 그리고 덴마크의 왕자 헨릭 올거 왈데마르가 한자리에 모였다.

"다시 한 번 이야기해 둘 게 있어서 모여달라고 했소."

"말씀하시죠. 알 왈리드 왕자님."

뒤퐁가의 가주 크리스토퍼 뒤퐁이 대답했다.

"우리가 이번 회합을 연 것의 목적을 분명히 해 둬야 할 거 같아서입니다. 우리가 방콕에서 열지 않고 이곳 골드코스트에서 대회를 개최한 건 어디까지나 프로페서 박, 그러니까 박건형을 회유하기 위함이었습니다."

"예, 알고 있습니다."

"그는 장차 우리 모임의 중요한 재원이 될 겁니다. 그는 일루미나티를 상대하기 위한 최적의 창이 되어 줄 무기입니다. 우리의 목적은 하나입니다. 일루미나티의 파멸, 그들과 우리는 공존할 수 없으며 우리에게 그들은 적입니다. 프로페서 팍은 우리를 대신해 그들과 싸울 백기사인 셈이죠."

그때 잠자코 듣던 중국의 총서기 친원싼이 입을 열었다.

"알 왈리드 왕자. 그를 믿을 수 있소?"

"물론입니다."

"그가 진짜 그 완전기억능력의 후인이 분명한 겁니까?"

"그는 하루 만에 첼스를 배우고 작년 세계 체스 선수권 대회 준우승자인 엠마 미른을 꺾었습니다. 단 하루 만에 말이죠. 이게 가능하다고 보십니까?"

"음, 물론 그건 불가능하겠지. 왕자를 믿소. 그리고 우리

나라의 국가안전부에서도 그가 일루미나타와 여러 차례 접촉했다고 알려 왔고. 그러나 그것 하나만 믿고 그를 회유해 들이는 건 위험한 일이지 않을까 우려되는 것이오."

"미스터 친의 뜻을 이해합니다. 그렇지만 그가 아니면 별다른 방법은 없습니다. 오래전 우리의 벗이었던 친구는 행방이 묘연해졌습니다. 계속 시간을 들여 그를 찾고 있지만 여전히 어디에 있는지 찾지 못한 상태지요. 우리는 두 번째 화살도 준비해야만 합니다."

"그를 회유하고 어디까지 정보를 오픈할 생각이오?"

현대전은 정보전이다.

정보를 가지고 하는 싸움이다.

당연히 공개할 정보와 공개하지 않아야 할 정보의 구분은 명확해야만 했다.

"일단은 2단계까지입니다."

"2단계까지? 우리보다 한 단계 낮은 보안 등급이라는 이야기군. 후, 혹시 나중에 그가 우리의 의도를 알아차리고 협조하지 않으려 한다면?"

"그때에는 약점을 쥐고 흔들면 됩니다. 지켜야 할 게 많은 사람일수록 다루기 더 쉬운 법이죠."

결국 친원싼이 고개를 끄덕였다.

가장 까다로운 친원싼이 수락한 이상 나머지는 일사불란하게 끝이 난 것이나 다름없었다.

헨릭 올거 왈데마르는 그들을 둘러보며 침을 꿀꺽 삼켰다.

그의 아버지이자 덴마크의 국왕 루카스 올거 왈데마르는 이렇게 이야기했었다.

'나와 그들은 오래전 힘을 하나로 합치기로 했다. 나뿐 아니라 유럽 몇몇 왕가는 이미 그들과 힘을 모으기로 결정했단다. 유럽, 중동, 아시아의 왕가뿐 아니라 중국, 러시아까지. 이 모든 건 일루미나티 때문에 벌어진 일이었다.'

일루미나티.

공공의 적.

그들은 미국을 상당 부분 잠식했고 세계 곳곳에 그 마수를 뻗치고 있었다.

가장 많이 잠식당한 곳은 바로 남아메리카.

사실상 아메리카는 그들 차지가 된 지 오래였다.

그리고 그들이 그 마수를 유럽이나 아시아에 뻗칠 것은 너무나도 뻔한 사실.

그렇다 보니 기득권을 놓기 싫어하는 유럽과 중동, 아시아의 왕가가 하나로 뭉친 것이었다.

그들은 스스로 로얄 클럽이라 칭하며 일루미나티와 계속

해서 대립각을 가지고 있었다.

일루미나티가 쉽사리 건형을 상대로 수작을 부리지 못한 것도 로얄 클럽 때문이었다.

세계의 절반을 일루미나티가 잠식하고 있다면 나머지 절반은 로얄 클럽이 잠식하고 있는 것이나 다름없었으니까.

그런 상황에 건형은 양측 모두의 표적이 되어 버린 셈이었다.

건형 입장에서는 자신의 의지와 상관도 없이 일어난 일이었지만.

그러나 한편으로는 건형이 이 두 거대한 비밀단체의 존망에 있어서 가장 중요한 마스터키라는 것은 부인할 수 없는 사실이었다.

그리고 이번 체스 대회는 결국 건형이 자신의 편이라는 것을 알리기 위한 하나의 쇼에 불과할 뿐이었다.

Chapter. 07

　그들의 회합과 별개로 체스 대회는 한창 물이 오른 상태였다.

　수많은 사람들이 몰려들었고 각종 외신에서는 이번 체스 대회를 생중계하기 위해 만반의 준비를 갖춰 둔 상태였다.

　난리가 난 건 한국 역시 마찬가지였다.

　한국은 원래 체스와는 그렇게 인연이 깊지 않은 나라다.

　실제로 체스를 두는 인구도 많지 않다.

　그렇지만 자국인이 세계적인 규모의 상금을 내건 체스 대회에 대리인 자격으로 참가했다는 건 여러모로 이슈거리가 될 수밖에 없었다.

게다가 그 사람이 공항에서 지현과 함께 공개적으로 여행을 떠난 건형이라면?

결국 방송사가 노리는 건 건형이나 이번 체스 대회가 아니었다.

두 사람의 공개 연애, 공개 여행 그리고 그를 통한 사생활이 가져다줄 이슈거리였다.

그럴 수밖에 없는 게 방송사는 시청률에 민감하다.

시청률이 높을수록 광고주가 많이 붙으며 그 광고주들은 방송사의 살을 찌우는 돈다발이 되기 때문이다.

대한민국 방송 3사는 급히 중계권 협상에 들어갔고 비교적 저렴한 값에 처음으로 제안을 내건 S사가 중계권을 따내는 데 성공할 수 있었다.

문제는 국내에 체스 고수들이 흔치 않다는 사실.

그런 만큼 묘수풀이를 해 줄 만한 사람이 딱히 없었다.

아무래도 이런 스포츠에는 중계를 해 줄 사람이 있어야 하는 법인데 그런 사람이 전혀 없다시피 했으니까.

어쨌든 한국도 건형이 체스 대회에 참가한 것 때문에 요란해진 상황 속에서 건형은 자신의 첫 상대인 제임스 왓슨을 마주 바라봤다.

자신과 비슷한 키에 푸르스름한 눈동자, 그리고 훤칠한 인상의 그는 올해 스물여덟 살의 세계 체스 랭킹 1위, 그랜드 마스터였다.

2009년부터 2015년까지 그랜드 마스터 자리를 줄곧 유지해 온 그는 근래 들어 마누엘 칼슨에게 그 자리를 위협당하고 있긴 했지만 여전한 초강자였다.

그렇지만 건형은 걱정하지 않은 채 그와의 대결에 임했다.

완전기억능력.

이 능력은 자신을 신으로 만들어 줄 수 있는 능력이다.

실제로 완전기억능력을 얻기 전과 얻은 후 건형의 삶은 판이하게 바뀌었다.

얻기 전만 해도 건형은 가난했다.

아버지도 없었다.

어머니, 여동생, 그리고 건형.

이렇게 세 가족이 전부였다.

화목한 가정도 아니었다.

아버지가 돌아가신 이후 집안은 엉망진창이 됐다.

여동생은 가출을 했다.

표면상 친구 때문이었다고 하지만 건형이 모를 리 없다.

그녀가 가출한 건 자신 때문이었다.

아니, 가족 때문이었을 터다.

가장 어렵고 힘들 때 누구 한 명 자신을 따뜻하게 대해 주지 않았으니까.

그나마 정신을 차리기 위해 군대를 갔다 온 뒤 건형은 죽어라 아르바이트에 매달렸다.

그러나 퍽치기를 당하고 돈을 몽땅 빼앗겼다.

그렇지만 그때 생겨난 완전기억능력.

처음 TOEIC 단어장을 달달 외울 때만 해도 건형은 자신이 헛꿈을 꾼다고 생각했다.

할리우드 영화에 등장할 법한 이런 능력이 갑자기 생겼다는 것 자체가 말이 안 되는 일이었으니까.

그러나 도서관에서 실제로 그 능력을 실험해 본 결과 사실이었다.

그는 십여 분만에 두꺼운 양장본을 읽을 수 있었고 심지어는 그 내용을 모두 외울 수 있었다.

그렇게 주어진 기회.

그리고 퀴즈쇼에 참가해서 상금 20억을 벌 수 있었다.

만약 완전기억능력이 없었다면?

아마 지금쯤 공사장을 돌면서 아르바이트를 뛰고 있을지

도 모른다.

지현이와 사귀는 건 엄두도 못 냈을 것이다.

애초에 접점이 없었을 테니까.

사귀고 싶어도 접점이 있어야 사귈 수 있는 법이다.

서로 생활하는 영역이 다르고 분야가 다른데 무턱대고 사귈 수는 없으니 말이다.

'생각해 보면 정말 이 능력은 내게 행운이었어. 내 인생을 송두리째 바꿔 놨으니까.'

그리고 건형은 이 능력을 바탕으로 주변을, 우리나라를, 나아가서 이 세계를 바꿔 놓을 생각을 하고 있었다.

누군가는 그런 자신을 멍청하다고 비웃을지도 모른다.

왜 쓸데없이 그런 힘만 들고 보상은 쥐꼬리만큼도 없는 일을 하려 하냐고 말이다.

그러나 건형의 생각은 달랐다.

자신에게 주어진 이 능력.

어쩌면 아버지가 자신을 위해 이 능력을 준 것이 아닐까.

설령 그게 아닐지라도 그는 아버지의 유언을 이어받고 싶었다.

그리고 모든 사람이 정당한 대우를 받을 수 있는 그런 사회를 만들고자 했다.

그게 바로 그가 궁극적으로 추구하는 목표였다.

그의 이상향.

이제 막 그 초입에 발을 디뎠을 뿐이지만.

탁.

제임스 왓슨이 먼저 폰을 옮겼다.

E2에 위치해 있던 폰이 E4로 나아갔다.

탁.

건형은 D7에 있는 폰을 D6으로 한칸 움직였다.

그러자 제임스 왓슨은 F2에 있던 폰을 나란히 앞으로 움직였다.

그리고 폰으로 벽을 쌓았다.

그러면서 킹과 비숍의 자리가 확연히 모습을 드러냈다.

그러자 건형은 B7의 폰을 한 칸 올려서 제임스 왓슨의 비숍이 앞으로 전진하는 것을 막아 세웠다.

탁.

두 사람이 체스 말을 두는 소리가 청명하게 울려 퍼졌다.

지현은 귀빈석에 앉아 체스 말이 움직이는 걸 두 눈에 담고 있었다.

구슬땀이 송골송골 맺혔다.

제임스 왓슨의 이마였다.

긴장한 기색이 역력했다.

제임스 왓슨은 건형이 나이트를 옮긴 위치를 확인했다.

룩과 비숍, 두 개 이상의 말을 동시에 공격할 수 있는 절묘한 위치에 서 있었다.

'어떻게 이렇게까지 꼬인 거지?'

처음에만 해도 양상은 평이했다.

그런데 어느 순간 갑자기 상황이 급변하더니 일이 꼬이고 말았다.

결국 둘 중 하나는 내줘야 하는 상황.

제임스 왓슨은 이득을 보기 위해 폰을 앞으로 전진시켰다.

건형은 룩을 잡으며 계속해서 제임스 왓슨의 진형을 헤집었다.

시간이 꽤 흘렀다.

그때 건형이 폰을 잡으면서 제임스 왓슨에게 체크 메이트를 걸 수 있는 기회를 마련해 줬다.

'여기다.'

제임스 왓슨은 입가에 미소를 그리며 여태 봤던 손해를 만회하고자 퀸을 옮겼다.

그때였다.

잠자코 기다리던 건형이 아까 전 제임스 왓슨의 진형을 헤집었던 나이트를 옮겼다.

그리고 그대로 퀸을 사로잡아 버렸다.

제임스 왓슨이 입술을 깨물었다.

'블런더일 줄이야.'

블런더(Blunder)는 단기적으로 나쁜 움직임을 보이는 전략을 가리키며 인위적으로 나쁜 포지션을 만들거나 상대한테 체크메이트를 걸 수 있는 기회를 제공하는 것을 뜻한다.

의외로 이 블런더는 고수들이 당하는 경우가 많은데 자신의 수를 지나치게 과신하다가 역으로 당하게 되는 셈이다.

자신의 강력한 패인 퀸이 잡아먹혔다.

'결국 내게 남은 건 프로모션 뿐인가.'

프로모션(Promotion).

폰을 건형의 판 끝까지 움직이게 해서 다른 말로 바꿀 수 있게 하는 방법이다.

그러나 그렇게 하기에는 건형의 진형이 너무나도 막강했다.

팔다리가 잘려 나간 자신과 다르게 건형은 아직도 단단

한 철옹성을 구축해 둔 상태였다.

그 후 계속해서 대국이 이어졌다.

그리고 오 분 정도가 더 흘렀을 때.

제임스 왓슨이 그대로 고개를 축 늘어트렸다.

체크메이트(Checkmate).

건형의 퀸이 사정없이 제임스 왓슨의 킹을 향해 검을 겨누고 있었다.

천츄파와 마누엘 칼슨의 대결에서 승리를 차지한 건 마누엘 칼슨이었다.

마누엘 칼슨은 시종일관 강력한 수를 구사하며 천츄파를 사정없이 몰아붙였고 단숨에 승리를 거머쥘 수 있었다.

이후 이어진 천츄파와 건형, 마누엘 칼슨과 제임스 왓슨의 대결에서는 건형과 마누엘 칼슨이 승리를 거머쥐었다.

여기서 조금 더 세계의 관심이 쏠린 건 후자의 경기였다.

세계 체스 랭킹 1위와 전년도 세계 체스 선수권 대회 우승자의 대결.

여러모로 흥행이 예견될 수밖에 없는 매치업이었다.

그러나 결과는 시시하게 판가름나고 말았다.

건형을 상대로 맥없는 경기를 보였던 제임스 왓슨은 무

기력한 모습을 계속해서 보였고 마누엘 칼슨한테도 손쉽게 패배를 당하고 만 것이었다.

오히려 그것을 보고 놀란 건 마누엘 칼슨이었다.

예전에 그를 상대했을 때만 해도 그는 넘기 어려운 벽이었다.

그래서 몇 번이고 고생을 했었다.

그런데 오늘 상대하는 제임스 왓슨은 이빨 빠진 호랑이를 보는 것 같았다.

'도대체 무슨 일이 있었길래…….'

그러나 승부의 세계는 냉정한 법.

마누엘 칼슨은 손쉽게 제임스 왓슨을 꺾고 2승을 차지했다.

그리고 그는 건형과 천츄파의 대결을 바라봤다.

저쪽도 슬슬 끝을 보이고 있었다.

건형의 완승이 짐작되고 있었다.

'대단하긴 대단하군. 단 하루 체스를 배웠다고 들었는데 어떻게 저게 가능한 거지?'

천츄파나 제임스 왓슨이나 모두 체스 하면 알아주는 실력자다.

그런데 그들을 모두 무참하게 격파한 것이다.

'내 다음 상대가 바로 저 남자.'

마누엘 칼슨은 침을 꿀꺽 삼켰다.

그러나 여기서 질 생각은 없었다.

자신이 바로 세계 최고의 체스 플레이어라는 것을 이 자리에서 입증할 생각이었다.

두 번째 매치업도 끝이 났다.

세 번째 대결만이 남았다.

2승 0패를 달리고 있는 두 사람의 대결.

한 명은 전년도 세계 체스 선수권 대회 우승자 마누엘 칼슨.

그는 내년 세계 체스 랭킹 1위가 유력한 후보였다.

다른 한 명은 동방의 현인이었다.

체스 경력이 전혀 알려지지 않았는데 세계 체스 랭킹 1위 제임스 왓슨과 중국 최고의 체스 고수 천츄파를 단숨에 꺾은 실력자.

그리고 이 대결의 승자는 슈퍼 컴퓨터와 대결을 펼치게 될 터였다.

우승자에게 주어지는 상금이 천만 달러.

슈퍼 컴퓨터를 꺾을 경우 또 주어지는 상금이 천만 달러.

다 합쳐서 이천만 달러나 되는 상금이다.

우승자가 모든 것을 가지는 게임.

Winner takes all.

승자 독식.

그리고 그 승부가 막 시작됐다.

건형과 마누엘 칼슨.

두 사람은 모두가 주목하고 있는 이곳에서 맞붙게 된 것이었다.

건형은 마누엘 칼슨을 바라봤다.

마누엘 칼슨, 그는 자신 또래로 작년 세계 체스 선수권 대회에서 우승을 차지한 경력이 있는 사내였다.

게다가 제임스 왓슨을 손쉽게 제압하고 올라온 만큼 방심할 수는 없었다.

"잘 부탁합니다."

"저 역시 잘 부탁합니다."

그들은 서로 인사를 나눈 다음 자리에 앉았다.

사실상 오늘의 메인 매치.

대회가 시작되기 전 알 왈리드 왕자가 입을 열었다.

"저는 오늘 한국의 프로페서 팍을 제 대리인으로 내세워 대회를 치르게 된 것을 영광으로 생각합니다. 아울러 이렇게 많은 분들이 와주신 것에 대해 다시 한 번 진심으로 감사드립니다."

알 왈리드 왕자가 환하게 미소를 지어 보였다.

매끄러운 달변에 사람들이 박수갈채를 보냈다.

세기의 대결이었다.

기대해 볼 만했다.

우승 상금 천만 달러가 걸린 대결.

어디서나 쉽게 볼 수 있는 승부는 아니라고 자신 있게 이야기할 수 있었다.

한국에서도 한창 중계가 이어지고 있었다.

부랴부랴 국내에서 가장 유명한 체스 플레이어를 초빙해서 긴급히 시간을 맞춘 것이었다.

백색 말을 잡은 건 마누엘 칼슨, 건형은 흑색 말을 잡았다.

마누엘 칼슨이 먼저 말을 움직였다.

E2에 위치한 폰을 E4로 옮긴 것이다.

건형은 그가 선택한 전략이 무엇인지 알 수 있었다.

'루이 로페즈(Ruy Lopez).'

이 단어의 어원은 스페인이다.

'에스파냐의 게임'이라는 뜻으로 역사적으로 꽤 많은 체스 챔피언들이 주로 두었던 오프닝이다.

이를테면 정석적인 움직임을 보인 셈이다.

그의 생각은 하나였다.

최대한 정석적인 움직임을 가져가면서 건형의 움직임에 발 빠르게 맞대응하고자 하는 것이었다.

그러나 이 전략에도 엄연히 단점은 존재했다.

흑색 말이 캐슬링 후 상대방의 비숍을 몰아내는 것이 가능하다는 점이었다.

캐슬링은 킹과 룩 사이에 장애물이 없을 경우 킹을 룩 방향으로 두 칸 움직이고 나면 룩이 그 킹을 건너뛰어 바로 옆에 위치해 둘 수 있는 것을 이야기하는 것이었다.

그 이후로 숨죽인 가운데 체스 플레이가 이어졌다.

마누엘 칼슨이 주로 이용한 것은 폰이었다.

폰은 접근전에 강한 기물이다.

서로 유기적으로 이을 수만 있다면 무서울 게 없다.

이를테면 페르시아 대군을 상대로 크나큰 활약을 거둔 스파르타의 삼백 전사라고 할까.

두려움 없이 페르시아 대군을 상대했던 그들처럼 유기적으로 이어진 폰은 엄청나게 강력한 모습을 보여주곤 한다.

게다가 폰은 종반부로 갈수록 강력한 힘을 낼 수 있기 때문에 무턱대고 폰을 희생하는 건 최악의 한 수가 될 수 있다.

반면에 건형은 퀸을 이용해 시종일관 마누엘 칼슨을 몰아붙였다.

나이트, 폰과 함께 퀸을 함께 움직이며 조금씩 마누엘 칼슨을 압박해 들어갔다.

마누엘 칼슨이 이를 악물었다.

지금 그가 보고 있는 건 다섯 수 앞.

그럼에도 불구하고 상대의 수가 보이질 않았다.

어떤 사람은 열 수 앞을 볼 수 있다고 하지만 솔직히 말해서 그건 불가능한 일이고 기껏해야 네다섯 수를 보는 게 최선이다.

그런데도 불구하고 이자의 끝이 보이질 않았다.

그 순간 마누엘 칼슨의 눈에 건형의 수가 들어왔다.

그리고 그는 발 빠르게 퀸을 움직였다.

그때였다.

건형이 회심의 미소를 그렸다.

그리고 처음 자신이 두고자 했던 수를 뒀다.

마누엘 칼슨의 얼굴이 일그러졌다.

갑작스럽게 포지션이 어긋났다.

퀸을 살리려고 했다가는 진형 전체가 망가지게 생겨 버

렸다.

게다가 킹까지 위협당하고 있었다.

'쯔비션쭉?'

쯔비션쭉은 영어로 하면 In between move라는 뜻으로 건형이 자신의 머릿속을 읽고 그가 원하는 위치에 자신이 수를 두게 만드는 책략을 의미하는 것이었다.

마누엘 칼슨이 얼굴을 구겼다.

여기서 그가 취할 방법은 두 가지였다.

하나는 과감히 퀸을 버리되 포지션을 지키고 킹을 살리는 것.

다른 하나는 퀸을 살리는 대신 킹을 버리는 것.

마누엘 칼슨은 결국 선택을 내릴 수밖에 없었다.

고민 끝에 그가 선택한 것은 퀸을 버리는 길이었다.

"아, 안타깝군요. 마누엘이 추크츠방을 당했어요."

헨릭 왕자가 지현을 바라보며 입을 열었다.

"추크…… 뭐라고요?"

"추크츠방. 자기에게 불리하게 말을 움직일 수밖에 없는 상황인데도 그리해야 하는 상황을 뜻하는 거예요."

추크츠방(Zugzwang).

자기에게 불리하게 말을 움직일 수밖에 없는 판국을 의

미하는 용어다.

체스가 장기나 바둑과 다르기 때문에 생기는 경우다.

체스는 한 수를 쉴 수 없고 반드시 자신이 둘 차례에 체스 말을 옮겨야 한다.

그런 상황이다 보니 어쩔 수 없이 퀸을 죽일 수밖에 없었다.

문제는 그 후에도 위기가 지속되고 있었다는 점이었다.

마누엘 칼슨은 다섯 수 앞을 읽었다.

계속해서 분전에 분전을 거듭하지만 상대의 맹공을 견딜 수 없고 마침내 건형이 체크메이트를 두는 상황까지 그려졌다.

결국 마누엘 칼슨은 여기서 게임을 포기할 수밖에 없었다.

"저는 리사인하겠습니다."

마누엘 칼슨의 얼굴은 잔뜩 일그러져 있었다.

아무래도 무척 아쉬운 모양이었다.

알 왈리드 왕자가 입가에 미소를 지었다.

이제 그의 능력은 확인했다.

남은 건 마지막으로 검증을 거치는 일만 남았다.

골드코스트에서 체스 대회를 개최하기 전 알 왈리드 왕

자는 흥미로운 기사를 읽어 보고 있었다.

아니, 기사라고 하기도 뭐한 것이, 그것은 학회지에 실린 가십거리였다.

그러나 그가 그것에 관심을 가진 것은 헨리 잭슨 교수의 이름이 언급되어 있어서였다.

그 학회지에서 다루고 있는 젊은 청년에 관한 것이었는데 헨리 잭슨 교수의 초빙으로 하버드 학회에 참여하게 된 그가 기적 같은 일을 이뤄 냈다고 다루고 있었다.

그리고 그것은 그가 하버드 와이드너 도서관의 네트워크 망이 망가져서 데이터베이스 복구가 불가능한 상황에 순식간에 수많은 사람들에게 장서의 위치 및 그 내용에 관해 상세하게 알려 줬다는 것이었다.

또한, 끝으로 그 가십에서는 그 젊은 동양인이 암으로 고통받고 있는 환자에게 도움을 줬는데 그 순간 찬란한 빛이 뿜어진 것 같다고 이야기하고 있었다.

어디까지나 재미를 목적으로 한 가십거리였다.

그러나 그것을 보는 순간 알 왈리드 왕자가 생각한 건 다른 것이었다.

만약에 이 가십이 사실이라면?

그리고 자신이 모르는 무언가가 숨겨져 있다면?

그는 사람을 풀어 그 정보를 확인하게끔 했다.

처음에는 우여곡절이 많았다.

누군가 그의 정보를 의도적으로 막고 있었다.

분명히 자신이 봤던 하버드 학회지가 새롭게 바뀌어져 있었다. 그리고 건형을 다룬 기사는 감쪽같이 사라진 상태였다.

그뿐만 아니었다.

그 젊은 동양인과 관련 있는 모든 정보가 차근차근 지워지고 있었다.

디테일한 것 하나하나까지.

알 왈리드 왕자는 이 짓을 누가 벌이는지 확신할 수 있었다.

이런 일을 벌일 수 있는 단체는 지구상에 두 곳 뿐이었다.

하나는 자신이 몸을 담고 있는 로얄 클럽.

다른 하나는 로얄 클럽의 적 일루미나티.

끈질긴 조사 끝에 알 왈리드 왕자는 동양인의 정체를 파악했다.

대한민국에 거주 중인 대학생 박건형이라는 젊은 사내였다.

그리고 그는 그의 행적을 조사했다.

원래 평범한 삶을 살다가 어느 날 갑자기 그게 바뀌었다.

그리고 퀴즈쇼에 출연해서 20억 원이라는 상금을 타내며 단숨에 스타덤에 올랐다.

그 후 헨리 잭슨 교수와 알게 된 그는 논문 사이트에서 헨리 교수의 동료이자 제자나 다름없는 마이클 교수의 논문을 수정해 주면서 친분을 쌓게 됐다.

그리고 헨리 잭슨 교수는 그를 하버드 학회에 초빙했고 거기에서 더욱더 친분을 쌓은 뒤 리만 가설을 증명한 논문을 발표하게 한 것이었다.

그때 알 왈리드 왕자는 깨달을 수 있었다.

이자가 바로 그 완전기억능력을 가지고 있는 자라는 것을.

완전기억능력과 포토그래픽 메모리는 같다고 할 수 있지만 약간의 이질적인 부분이 있다.

일반인들은 모르는 것으로 특별한 사람들만 알아볼 수 있었다.

그 차이점은 그 능력의 한계에 관해서다.

포토그래픽 메모리가 어떠한 대상을 사진처럼 완벽하게 기억하는 건 맞다. 그리고 그 기억이 절대 지워지지 않는 각인처럼 남는 것도 분명하다.

문제는 완전기억능력은 단순히 거기에서 그치는 것이 아

니라 그것을 가지고 응용할 수 있다는 것이다.

그래서 더 많은 수를 다양하게 만들어 낼 수 있다.

그것이 바로 완전기억능력이 가지는 힘이다.

알 왈리드 왕자는 이 박건형이라는 동양인의 능력이 포토그래픽 메모리가 아니라 완전기억능력이라는 걸 알 수 있었다.

그리고 그는 그 즉시 건형을 포섭하기 위한 준비를 서둘렀다.

세계 체스 대회를 연다는 명목하에 로얄 클럽의 몇몇 사람들을 움직였고 방콕에서 그것을 열기로 했다.

방콕이 상대적으로 대한민국의 수도 서울과 가까웠기 때문이다.

그런데 건형이 골드코스트로 떠났다는 첩보를 확인하고 그는 황급히 위치를 변경했다. 그리고 체스 대회를 열 장소를 급히 섭외했다.

그것은 알 왈리드 왕자한테 어려운 일이 아니었다.

이 세상에 돈으로 해결되지 않는 일은 없으니까.

여기 모인 각종 언론사의 기자들 또한 그와 로얄 클럽이 불러들인 자들이었다.

그 목표는 하나였다.

일루미나티에게 박건형은 로얄 클럽의 일원임을 선포하기 위함이었다.

아마 그들은 이미 텔레비전을 통해 이 장면을 직접 보고 있을 터였다.

알 왈리드 왕자는 박건형을 일루미나티를 상대하기 위한 첨병으로 생각했다.

그리고 그의 힘이 있다면 충분히 일루미나티를 상대로 우위를 점할 수 있을 것이라 생각했다.

그러나 혹시 그가 완전기억자가 아닐 수 있다는 생각에 준비한 게 바로 체스 대회였다.

만약 그가 완전기억자가 맞다면 슈퍼 컴퓨터를 상대로도 충분히 승리를 거머쥘 수 있을 테니까.

한편 승리를 거머쥔 건형은 지혁에게 전화를 걸었다.

"형, 지금 보고 있어요?"

[응, 보고 있지.]

"일단 형 말대로 이기긴 했어요. 그런데 괜찮겠어요?"

[괜찮아. 어차피 일루미나티를 상대하려면 그만한 세력을 포섭해 둘 필요가 있었어. 그런 의미에서 로얄 클럽은 일루미나티 못지않게 강대한 세력이지. 네가 품 안으로 끌

어안을 수 있다면 더욱더 바람직하고.]

"흠, 그렇지만……."

[그들은 네 능력을 제대로 파악하지 못하고 있을 거야. 그러니까 그런 말도 안 되는 조건을 내건 걸 테고. 일루미나티도 네 능력은 모르고 있고. 최고의 상황이잖아.]

건형이 머리를 긁적였다.

사실 그의 말은 하나 틀린 게 없었다.

지혁이 이야기하고 있는 것.

그것은 바로 건형이 갖고 있는 능력으로 로얄 클럽의 수뇌부들을 자신의 하수인으로 만드는 것이었다.

잠시 동안 휴식 시간이 주어졌다.

건형과 슈퍼 컴퓨터의 매치에 앞서서 숨돌릴 시간을 갖고자 함이었다.

알 왈리드 왕자가 건형에게 다가와서 입을 열었다.

"정말 대단하군. 훌륭해."

"아닙니다."

"포토그래픽 메모리였지? 휴, 정말 말이 안 나올 정도로 대단한 능력이군."

건형은 자신이 이렇게 해 낼 수 있었던 것은 포토그래픽 메모리가 아니라 완전기억능력 때문임을 알고 있었다.

만약 포토그래픽 메모리였다면 수많은 체스 플레이어의 체스 기보를 외울 수 있었을지는 몰라도 이렇게 체스를 능숙하게 두진 못했을 것이다.

이유는 간단했다.

체스든 바둑이든 장기든 수많은 경우의 수가 존재한다.

그런데 단순히 기보를 외우는 것만으로 그 경우의 수를 모두 알아낼 수 있는 건 아니다.

그것을 가능케 하는 게 바로 경험, 그리고 그를 통해 얻어진 연륜이다.

그런 점에서 건형은 경험이 없다.

그가 체스를 처음 배운 게 어제였다.

그런 상황에서 하루 만에 이 정도 성과를 내는 건 사실 불가능하다고 봐야 했다.

그런데 그가 그렇게 할 수 있었던 것은 바로 완전기억능력 때문이었다.

그렇기에 건형은 슈퍼 컴퓨터를 상대로도 진다는 생각을 하지 않고 있었다.

엄밀히 말하면 건형은 슈퍼 컴퓨터 수준의 지능과 인간이 가지는 변수마저 갖고 있는 상태였다.

그런 상태이기 때문에 슈퍼 컴퓨터를 상대로도 51:49의 승률을 예측하고 있었다.

변수가 있다면 딱 1%.

그 1%를 어떻게 잡아내느냐가 건형의 몫이었다.

"이제 슬슬 시작할 때가 되었군. 자, 함께 가도록 하지."

"좋습니다."

건형은 순순히 알 왈리드 왕자의 뒤를 쫓았다.

그가 꾸미고 있는 계획은 알았다.

그는 자신을 회유해서 일루미나티를 상대하게 할 생각이다.

일종의 총알받이 역할이다.

물론 건형은 그렇게 할 생각이 전혀 없었다.

그냥 이대로 일루미나티와의 협정을 유지한 채 편안한 삶을 누리는 것도 나쁘지 않은 방법이 될 터였다.

그러나 건형은 그렇게 하지 않을 생각이었다.

그것은 일루미나티로부터 도망치는 것밖에 되지 않기 때문이다.

게다가 그는 이루고자 하는 것들이 무척 많았다.

누가 보면 불가능하다고 하면서 손사래를 치고 욕심만 많다고 할 만큼.

건형과 슈퍼 컴퓨터의 대결이 시작됐다.

슈퍼 컴퓨터의 본체는 사우디아라비아 왕국의 수도 리야드에 위치해 있었다.

건형이 준비가 끝나자 슈퍼 컴퓨터 무함마드도 준비를 마쳤다고 연락이 왔다.

그리고 인간과 슈퍼 컴퓨터.

이 둘의 대결이 다시 한 번 펼쳐지기 시작했다.

제임스 왓슨 이전의 그랜드 마스터 아르세니 나이데노브 때에만 하더라도 슈퍼 컴퓨터와 체스를 둬서 한두 번 이기는 건 가능했다.

그 당시 슈퍼 컴퓨터는 어느 정도 한계가 존재했기 때문이다.

완벽하지 않았고 불완전한 부분이 없지 않아 있었다.

그러나 컴퓨터 기술이 발달하면서 모든 게 바뀌었다.

그리고 아르세니 나이데노브가 은퇴한 이후 인간이 컴퓨터를 상대로 체스를 둬서 이기는 경우는 영영 사라지고 없었다.

슈퍼 컴퓨터를 상대로 체스에서 승리를 거머쥐는 게 아예 불가능해진 것이다.

그리고 오늘 새로운 도전자가 이 역사적인 일에 도전하고 나섰다.

한국에서 온 박건형.

그러나 그것이 가능할지 불가능할지에 대해서 많은 사람들은 의문을 표하고 있었다.

슈퍼 컴퓨터의 성능은 이미 고도화됐다.

그러면서 인간도 자연스럽게 한계를 띠기 시작했다.

그렇다 보니 리만 가설을 증명한 세계적인 천재 박건형이라 할지라도 슈퍼 컴퓨터를 꺾는 건 불가능하다는 주장에 힘이 실리고 있었다.

그래서일까.

몇몇 도박 업체에서는 건형이 슈퍼 컴퓨터를 상대로 승리한다, 승리하지 못한다, 무승부가 난다. 이 세 가지로 배팅을 걸고 있었다.

그리고 그 배팅 확률은 각각 다음과 같았다.

건형이 승리한다 14.00

무승부가 난다 4.50

슈퍼 컴퓨터가 승리한다 1.30

압도적으로 슈퍼 컴퓨터가 승리한다가 우세했다.

그러나 이중 슈퍼 컴퓨터가 아닌 건형이 승리한다에 꽤

많은 돈을 쏟아붓고 있는 사람이 몇 있었다.

그리고 그중 한 명은 다름 아닌 지혁이었다.

게임이 시작됐다.

슈퍼 컴퓨터와 건형의 체스 매치.

승부는 인터넷을 통해 이루어졌다.

인터넷에 체스 대국을 둘 수 있는 시스템을 마련해 뒀고 그곳에 건형과 슈퍼 컴퓨터가 입장해서 승부를 겨루게 됐다.

백을 잡은 건 건형이었고 흑을 잡은 건 슈퍼 컴퓨터 무함마드였다.

건형은 자신의 말을 옮기기 시작했다.

슈퍼 컴퓨터도 그에 응대해서 말을 옮겼다.

인터넷 체스이긴 하지만 혼자 두는 기분이 들었다.

그럴 수밖에 없었다.

상대를 바라볼 수 없었기 때문이다.

한 수, 한 수.

건형은 치열하게 기물을 옮겨 놓았다.

이번 매치에서마저 이기면 상금 2천만 달러가 주어진다.

뿐만 아니라 완전기억능력, 그것에 관한 자료를 더욱더 찾을 수 있다.

건형 입장에서도 반드시 승리를 거머쥘 필요가 있었다.

그리고 한 수, 두 수 치열하게 격전이 벌어지기 시작했다.

건형은 퀸과 나이트를 이용해서 무함마드의 진영을 공략했고 무함마드는 철저하게 수비에 나서면서 기회를 엿보고 있었다.

건형은 무함마드의 수를 보며 확실히 슈퍼 컴퓨터라는 생각이 들었다.

무한대의 수를 가지고 있는 바둑과 다르게 체스의 수는 한정되어 있다.

그렇다 보니 엄청난 연산 속도를 가지고 있는 슈퍼 컴퓨터는 순식간에 다음 수를 읽고 또 그보다 훨씬 더 앞선 수를 읽고 있었다.

그러나 그건 건형도 마찬가지였다.

그 역시 이 체스판에 있는 모든 수를 읽고 있었다.

여전히 인간과 슈퍼 컴퓨터의 대결은 일촉즉발의 상황을 향해 달려가고 있었다.

그리고 그 순간 건형이 변수를 만들어 냈다.

슈퍼 컴퓨터가 잠시 주춤거리기 시작했다.

연산 속도에 과부하가 걸렸다.

슈퍼 컴퓨터가 만약 이성이 있다면?

도대체 왜 이렇게 됐을까 의아해했을 것이다.

그것도 잠시 슈퍼 컴퓨터는 계속해서 체스를 두어나갔다.

그리고 건형이 마침내 아까 전 뒀던 악수가 빛을 발휘했다.

경기를 지켜보고 있던 마누엘 칼슨이 얼굴을 일그러트렸다.

쯔비션쭉(zwischenzug).

아까 전 자신이 당했던 것이다.

그런데 슈퍼 컴퓨터까지 이것을 당할 것이라고는 미처 예상하질 못했다.

즉 건형이 새로운 변수를 만들어 낸 것이었다.

컴퓨터도 읽어내지 못할 새로운 수를.

그러나 건형도 알고 있었다.

어차피 이것은 일회용에 불과하다는 것을 말이다.

다음번에 이런 기회는 없을 게 분명했다.

그때 슈퍼 컴퓨터는 이 전략마저 흡수해 버릴 테니까.

어쨌든 지금 상황에서는 그가 둘 수 있는 최고의 한 수였다.

그리고 슈퍼 컴퓨터는 점점 더 수세에 몰리기 시작했다.

건형이 둔 악수.

그것이 최고의 한 수가 되어 돌아왔다.

"브라보!"

경기를 보고 있던 많은 사람들이 박수갈채를 보냈다.

그야말로 완벽했다.

슈퍼 컴퓨터를 상대로 악수를 신의 한수로 만들어 버릴 줄이야.

그야말로 눈부신 결과물이 아닐 수 없었다.

그리고 마침내 건형이 승리를 거머쥐었다.

체크메이트였다.

슈퍼 컴퓨터는 그 후 연산을 중지했다.

리디야에 있는 연구원들도 슈퍼 컴퓨터가 스스로 작동을 멈췄다고 이야기해 왔다.

2002년 10월 세계 체스 챔피언 아르세니 나이데노브가 슈퍼 컴퓨터와 대결을 펼쳐 2승 4무 2패를 기록해서 무승부를 만들어 낸 뒤 2006년 다시 한 번 승부를 겨뤄서 2승 4패를 기록한 다음 십 년 만에 다시 열린 인간과 슈퍼 컴퓨터 간의 대결.

그 대결의 승자는 바로 건형이었다.

그만큼 슈퍼 컴퓨터가 더욱더 고도화로 진화했음에도 불

구하고 승리를 거머쥔 셈이었다.

그러나 건형의 상태는 심상치 않아 보였다.

금세 쓰러질 것처럼 비틀거리고 있었다.

그리고 마침내 건형이 비틀거리다가 그대로 쓰러져 버렸다.

그리고 그가 엄청난 양의 피를 토해 냈다.

세계 여러 나라에서 온 리포터들이 다급하게 말을 쏟아 내기 시작했다.

그들이 하는 이야기는 비슷했다.

세계 체스 챔피언을 꺾은 박건형이 슈퍼 컴퓨터를 상대로 승리를 거머쥔 뒤 갑자기 피를 토하며 기절했고 응급실로 후송 중이라는 이야기였다.

그것을 보던 알 왈리드 왕자는 다급히 응급차를 타고 병원으로 쫓아갔다.

이렇게 성대하게 잔치를 열어 건형을 자신의 편으로 만들었는데도 불구하고 그가 쓸모없어지면 이 모든 게 다 헛수고로 돌아가는 셈이었다.

그가 아무 문제도 없다는 확답을 반드시 받아 둬야만 했다.

한편 건형은 응급차에 실려 있었다. 그리고 그 옆을 지현이 바짝 붙어서 지키고 앉아 있었다.

지현은 건형의 얼굴을 바라봤다.

얼마나 많은 피를 뿜어냈는지 얼굴이 새하얗게 질려 있었다.

걱정이 될 수밖에 없었다.

그렇지만 지현의 표정은 생각외로 담담했다.

그녀는 어떻게 이런 일이 벌어진 것인지 짐작하고 있었다.

그날 체스 대회가 열리기 전 건형은 지혁과 계획을 짰고 그중 일부를 지현에게 이야기했다.

체스 대회에서 슈퍼 컴퓨터를 꺾은 다음 일부러 피를 토하며 쓰러지겠다는 것이 그 주된 내용이었다.

건형이 그렇게 한 건 자신을 둘러싸고 있는 감시가 너무나도 심해서였다.

그래서 그 관심을 없애고자 했다.

그것 때문에 일부러 많은 사람들이 보는 앞에서 쇼를 벌인 것이었다.

그 이야기를 들은 지현 역시 건형의 뜻을 따르기로 했다.

그리고 오늘 이 일이 일어난 것이었다.

지금 건형의 상태는 아무 문제도 없었다.

다만 그가 꾀병을 부리고 있다는 게 약간 문제일 수 있었다.

실제로 건형은 일부러 맥박을 약하게 하게 하고 자신의 능력을 통해 혼수상태에 빠진 환자를 억지로 꾸며내고 있었다.

응급차가 병원에 도착하고 의사들이 건형을 진단하기 시작했다.

"맥박이 약해. 이거 괜찮은 거야?"

"CT하고 MRI 촬영 바로 들어가. 환자 뇌에 문제가 있을 수 있어."

"수혈도 준비해 두고."

이 병원의 VVIP 손님이다.

한 치의 실수도 있어서는 안 됐다.

그리고 그때 때맞춰서 알 왈리드 왕자가 도착했다.

그는 애써 침착해하려 하는 지현을 안심시켰다.

"괜찮을 겁니다. 제가 무슨 수를 쓰더라도 그를 회생시킬 겁니다."

"감사합니다, 왕자님."

"휴, 별일 없어야 할 텐데……."

알 왈리드 왕자가 말끝을 흐렸다.

그에게 건형은 그 무엇보다 가장 중요한 사람이었다.

그가 있어야 자신의 계획에 차질이 생기지 않을 터.

그가 반드시 살아나야 했다.

아무 일 없이.

그때 긴급히 MRI를 찍은 의사가 알 왈리드 왕자와 지현을 번갈아 보다가 입을 열었다.

"죄송합니다, 왕자님. 지금 이 환자는 코마 상태에 빠져 있습니다."

코마(Coma)란 의학적으로 깊은 의식불명 상태에 빠져 있음을 의미한다.

즉 의사는 지금 건형이 깨어날 수 없다고 이야기한 것이나 다름없었다.

그리고 이 소식이 멀리 떨어진 미국에도 전해졌다.

그 소식을 전해 들은 건 다름 아닌 그랜드 마스터, 항상 건형을 위험한 존재라고 주장하던 바로 그였다.

Chapter. 08

"그가 쓰러졌다고?"

"예, 피를 토하고 쓰러졌다고 합니다. 혼수상태라고 하더군요."

그랜드 마스터는 건형이 쓰러졌다는 소식을 듣고 나서는 황급히 삼각위원회를 소집했다.

그랜드 마스터를 필두로 세 명의 삼각위원회 위원이 모였다.

Mr. 1 록펠러 가문의 수장 아담 록펠러.

빌더버그 그룹의 총수이자 세계 자본의 흐름을 장악하고

있는 록펠러 가문의 정점에 서 있는 자다.

그의 나이 쉰여섯.

그러나 겉모습은 젊은이 못지 않게 어려 보인다.

Mr. 2 루시아 베네딕트.

외교협의회 통칭 CFR, 세계 각국의 외교권을 장악하고 있는 단체로 그 CFR의 수장은 루시아 베네딕트다.

올해 스물아홉의 젊은 여성.

찰랑거리는 백은발 머리카락에 하얀색 눈동자, 그녀는 알비노 증후군을 앓고 있는 환자였다.

그러나 그랜드 마스터의 능력에 의해 알비노 증후군의 증상은 대부분 치유됐다. 그래도 여전히 햇빛을 꺼려 하며 주로 음지에서 생활하길 즐긴다.

그녀가 CFR을 이끌 수 있게 된 건 그녀의 가문 때문이다.

베네딕트 가문.

베네딕트 가문의 시초는 나르시아 베네딕트로 그는 서기 480년 무렵 이탈리아 출생의 종교가다. 베네딕트파의 창시자이기도 하며 수도원을 최초로 제도화한 사람이기도 하다.

실제로 로마 교황청은 그것을 기려 베네딕트라는 이름을 쓰고 있다.

그러나 그 교황청의 배후에서 막강한 힘을 가지고 있는

게 베네딕트 가문으로 루시아 베네딕트는 그 가문의 하나뿐인 후계자다.

그렇다 보니 스물아홉이라는 어린 나이에도 삼각위원회의 삼각 수장 중 한 명이 될 수 있었다.

Mr. 3 샤를 메로빙거.

프랑크 왕국 최초의 왕가인 메로빙거 왕가의 정통 가주.

일흔이 넘은 그는 그랜드 마스터 다음으로 오랜 시간 이 자리를 지켜 온 사람이며 일루미나티의 정신적인 지주이기도 하다.

삼각위원회의 삼각수장이자 13인 위원회의 명예 위원장이기도 하며 유일하게 그랜드 마스터에게 직언을 고할 수 있는 사람이기도 했다. 그리고 사사롭게는 노벨 아이젠하워의 스승이었다.

이들 세 명은 일루미나티의 핵심 인물들로 그들 모두 각각 정계나 재계에서 막강한 영향력을 가지고 있다고 말할 수 있었다.

그들이 다 모인 뒤에야 그랜드 마스터가 입을 열었다.

"이야기는 들었을 거다. 그가 쓰러졌다고 한다. 내가 볼 때는…… 불완전기억능력을 무리하게 쓰다가 그랬을 가능성이 농후하다."

불완전기억능력.

그랜드 마스터는 그것을 언급하며 건형을 더는 걱정하지 않아도 된다고 했었다.

메로빙거가 조심스럽게 물었다.

"그랜드 마스터, 그 불완전기억능력이라는 게 제가 생각하는 그것은 아닐 테지요?"

"메로빙거 경. 자네가 생각하는 그것이 맞네."

"……정말입니까?"

메로빙거도 완전기억능력자를 한 번 만나 본 기억이 있다.

그리고 그로 인해 일루미나티가 얼마나 심한 피해를 입었는지도 잘 알고 있다.

그렇다 보니 자연스럽게 목소리가 높아질 수밖에 없었다.

"걱정할 필요 없네. 그는 완전기억능력자가 아니니까. 불완전기억능력이라면 크게 염려할 필요가 없어."

"그러나 혹시 만에 하나라도 무슨 문제가 생긴다면……."

"그래서 그를 면밀히 감시시키게 했지만 그동안 여러모로 조용했다네. 본인 스스로 능력을 남용하질 않더군. 그역시 느껴지는 게 있었을 거야. 그러다가 오늘 로얄 클럽과의 회합 자리에서 자신을 과신한 나머지 능력을 무턱대고 썼고 그 탓에 피를 토하고 혼수상태에 빠지게 된 것이지."

"로얄 클럽…… 그들이 완전기억능력자를 포섭하려 한 것입니까?"

만약 그게 사실이라면?

로얄 클럽과 척을 지고 있는 일루미나티 입장에서는 여러모로 좋지 않은 상황이 만들어지는 셈이었다. 적들 손에 핵폭탄이 들어가는 것이나 다름없으니까.

"그는 완전기억능력자가 아니야. 이제 고장 난 폐기물도 못한 신세가 되어 버린 것이지. 더 이상 신경 쓸 필요 없을 것이네."

"알겠습니다. 그렇게 조치를 취해 두겠습니다."

그랜드 마스터, 그의 입장에서는 앓던 이가 빠진 것 같았다.

그때 잠자코 있던 아담 록펠러가 입을 열었다.

"죄송하지만 제가 한마디 해도 되겠습니까?"

"물론이네. 록펠러 경."

"지난번 그랜드 마스터의 명령에 따라 그를 만나러 간 적이 있었습니다."

"그랬었지."

평화 협정을 맺어 두기 위함이었다.

그랜드 마스터는 그 당시 건형을 건드려서는 안 된다고

판단했다.

괜한 짓을 벌여서 쓸데없는 피해를 입는 일만큼은 지양해야 했다.

더군다나 완전기억자의 능력을 아는 그로서는 주의에 주의를 기울여야 했다.

그렇다 보니 아담 록펠러를 한국으로 직접 보냈고 그를 통해 자신의 의사를 전달하게 했다.

아담 록펠러는 그 점을 은근히 못마땅하게 생각하고 있었다.

다른 사람을 보내도 되는 일을 굳이 자신을 시켜 보낸 것 때문이었다.

"제가 보기엔 별 의미 없어 보이는 자였습니다. 그런데 그를 그렇게 염려하고 있는 까닭을 알 수 있겠습니까?"

아담 록펠러는 그를 기억하고 있었다.

젊다 못해 되게 어린 소년이었다.

그리고 딱히 겉으로 보기에 대단한 점은 없었다.

어떤 자인지 궁금해서 자신 주변을 모두 동원해서 그를 알아내게끔 했다.

그 후 알게 된 건 그냥 눈에 조금 띄는 천재, 그 이상도 그 이하도 아니었다.

그런데도 그랜드 마스터는 그를 대단히 신경 쓰고 있었다.

도대체 그 이유가 무엇일까?

삼각위원회의 Mr. 1이자 빌더버그 그룹의 총수인 그로서는 대단히 궁금할 수밖에 없었다.

왜 그랜드 마스터가 그를 두려워하고 있는지 알아야 했다.

그러나 그랜드 마스터는 매몰차게 그것을 거절했다.

"그것은 알려 줄 수 없네. 이건 그랜드 마스터에게만 대대로 내려오는 전승의 계약이지. 그 외에는 알려 줄 수가 없네."

그래서 그랜드 마스터는 완전기억능력이라는 것을 철두철미하게 봉인해 두고 있었다.

이것이 세상에 알려질 경우 가져올 여파를 익히 짐작하고 있기 때문이다.

'다른 사람을 자신에게 매혹시켜서 노예처럼 부릴 수 있는 능력이라니. 이 능력을 잘만 응용할 수 있다면 순식간에 세계의 패권을 쥘 수 있을 게 아닌가. 하다못해 각국의 수장들만 장악한다고 하면…….'

그 즉시 세계는 그 사람의 손아귀에 들어갈 수 있는 것이다.

일루미나티로서는 극도로 경계할 수밖에 없었다.

그렇다 보니 그들은 자체적으로 정신적인 한계를 끌어올려 정신을 보호해 두는 방법도 만들어 내고 있었다.

타인의 의지가 개입해 오더라도 그것을 막아내게 하기 위함이었다.

"루시아는 남고 다른 사람은 이만 떠나도 좋네."

스스슥―

아담 록펠러가 앉아 있는 자리가 흐릿해지더니 이내 산산조각 흩어졌다.

그러자 한쪽에 남아 있는 루시아 베네딕트가 그랜드 마스터를 바라보며 물었다.

"무슨 일이시죠?"

"부탁을 하나 해야겠어."

그랜드 마스터는 웬만해서는 부탁이라는 말을 입에 담지 않는다.

삼각위원회의 각 위원끼리는 상호 간에 존중을 하게 되어 있지만 그랜드 마스터는 그들 위에 홀로 서 있기 때문이다.

그가 명령하면 그대로 따라야 하는 게 그런 이유에서다.

그런데 그랜드 마스터가 부탁을 입에 담았다.

루시아 베네딕트가 그런 그랜드 마스터를 눈에 담았다.

"말씀하시죠."

"그를 감시하게."

"그라면…… 그 쓰러진 자를 말하는 겁니까?"

"그래. 예감이 좋지 않아. 불완전기억능력이 만약 완전기억능력으로 탈바꿈하게 되고 자신의 능력을 하나둘 깨닫기 시작하게 된다면…… 세계는 걷잡을 수 없는 혼돈에 빠져들고 말겠지. 그 일은 언젠가 우리가 막아야 할 일일 테고. 그러니까 자네를 믿고 맡겨야겠어. 다른 사람을 시키기엔 이 일이 너무 중요해."

외교협의회의 수장을 맡고 있는 루시아 베네딕트다.

외교에서 쓰이는 수사법은 물론 웬만한 외교 기술은 훤히 꿰뚫고 있다.

그뿐만 아니라 여신의 느낌을 물씬 풍기는 그녀라면 어떤 남자든 자신의 모든 것을 내주려고 할 게 분명했다.

"알겠습니다. 그러면 지금 즉시 골드코스트로 가 보겠습니다."

"부탁하지."

마지막으로 루시아 베네딕트의 얼굴마저 흐릿해지더니

사라졌다.

지금 그들이 나눈 것은 화상 대화로 현재 아담 록펠러는 뉴욕에, 루시아 베네딕트는 로마에 각각 머무르고 있었다.

그것을 그랜드 마스터가 긴급한 회의로 인해 불러들인 것이었다.

"이 불안감이 근거 없는 것이었으면 좋겠군. 루시아가 잘 해내길 바랄 수밖에."

그랜드 마스터, 그가 루시아에게 부탁한 것은 건형을 감시하고 또 그가 완전기억능력을 발현한 것 같은 모습을 보일 때 지체 없이 연락하게끔 한 것이었다.

삼각위원회의 정통 수장이자 외교협의회의 수장인 그녀라면 충분히 이뤄 낼 수 있는 일이었다.

건형은 조심스럽게 눈을 떴다.

여전히 그는 골드코스트 병원의 최고급 스위트룸에 머무르고 있었다.

VVIP대우를 받고 있는 그는 이곳 스위트룸에 머무른 지 하루쯤이 되어 가고 있었다.

지현은 쇼파에서 비스듬하게 엎드려서 자다가 그것도 지쳤는지 VVIP룸 안에 마련되어 있는 커다란 침대에 가서 잠을 청하고 있었다.

"슬슬 깨어난 척을 해야 하려나."

그때였다.

노크 소리가 들리고 얼마 지나 문이 열렸다.

그리고 늘씬한 체구의 젊은 간호사가 안으로 들어왔다.

그녀는 꼼꼼히 건형의 상태를 확인했다.

이상이 없다는 걸 확인한 뒤에야 그녀는 한 번 더 상태를 점검한 뒤 방을 빠져나갔다.

'하룻밤에 안 지났으니까 아직 깨기엔 이르려나. 그러나 지현이도 귀국시켜야 하고 헨리 교수도 만나야 하는데…….'

건형이 골몰히 상념에 잠겨 있을 때였다.

또다시 문이 열렸다.

그리고 간호사 한 명이 안으로 들어왔다.

'아까 전에 왔는데 또 들어온다고?'

건형이 의아해하면서 기척으로 상대를 살폈다.

'강하다.'

건형은 그녀가 웬만한 특수요원보다 훨씬 더 강하다는 걸 눈치채고서는 살짝 입술을 깨물었다.

'누군지는 모르겠지만 나를 해코지하려고 보낸 게 분명

해.'

지금 건형은 혼수상태로 되어 있다.

그런 상황이다 보니 건형을 해치려 한다면 지금이 가장 좋은 기회인 셈이었다.

건형은 곁눈질로 상대를 살폈다.

간호복을 입고 있었는데 몸매가 환상적이었다.

굴곡진 몸매가 예술적이었다.

그리고 새하얀 피부에 새하얀 백은색 머리카락이 눈에 들어왔다.

'알비노?'

그때 그녀가 건형 근처까지 온 다음 주사기를 들어 올렸다.

그리고 그것을 의료용 튜브에 꽂아 넣으려 할 때였다.

"너는 누구지?"

건형이 일어나서 그녀의 손목을 세게 붙잡으며 소리쳤다.

루시아는 그랜드 마스터의 밀명을 받자마자 모든 일정을 취소하고 곧장 건형이 머물고 있는 병원으로 향했다.

골드코스트로 오기 전 그랜드 마스터는 루시아를 향해 이야기했다.

'그자가 정말 혼수상태라면 차라리 죽여서 후환을 제거하라.'

실제로 병원에 와서 루시아는 그의 차트를 확인했다. 병원 차트에 따르면 코마 환자가 보일 만한 증상을 뚜렷이 나타내고 있었다.

그녀는 이곳에 들리기 전 미리 부탁해 놓은 독사의 맹독을 미리 준비했다. 그리고 그것을 주사기에 담은 다음 간호사복을 입고 병실로 들어왔다.

혹시 하는 생각에 한 번 더 눈대중으로 살폈지만 코마 상태가 확실했다.

그녀는 결심을 내리고 그대로 주사기를 들어 올렸다. 그런 다음 그것을 튜브에 꽂아서 혈관을 향해 주입시키려 할 때였다.

팔에 익숙치 않은 감각이 느껴졌다.

그것이 뇌에 전달되고 그녀가 반사적으로 힘을 줘서 팔을 뿌리친 건 불과 몇 초 사이에 일어난 일이었다.

그리고 그녀는 자신이 제거해야 할 적이 깨어 있음을 알아차렸다.

그랜드 마스터.

그가 오판을 한 것이다.

이자는 코마 상태가 아니라 코마 상태인 척하고 있었던 것이었다.

건형은 루시아를 바라봤다.

새하얀 간호사복의 자태가 아름다웠다.

그리고 하얀색 간호복에 걸맞은 하얀색 피부와 눈동자, 백은발까지.

누가 보면 애니메이션이나 북유럽 신화에 등장할 법한 요정이라고 생각했을 것이다.

그러나 그녀가 들고 있는 주사기 안에 들은 건 분명히 위험한 물건임이 틀림없었다.

'나를 암살하러 온 사람? 도대체 어디서 보낸 거지?'

가장 유력한 후보는 일루미나티다.

그다음으로 꼽을 수 있는 곳은 장형철 수석 보좌관.

강해찬 국회의원의 충견이라고 할 수 있는 그가 이런 일을 꾸몄을 가능성도 있었다.

로얄 클럽은 아마 아닐 터. 그들은 자신을 필요로 하고 있으니까.

'어쨌든 지금은 적이다.'

건형은 루시아를 바라봤다.

겉으로는 연약해 보이지만 전혀 그렇지 않았다.

아까 자신의 팔을 떨쳐 낼 때 느껴지던 악력은 상상 그 이상이었다.

건형은 입술을 깨물었다.

아무래도 격전을 각오해야 할 것 같았다.

그러나 옆쪽 게스트 룸에 있는 지현이 걱정됐다.

그녀는 자신을 걱정해서 쉐라톤 호텔로 돌아가지 않고 여기에 머무르고 있었다.

'보통 인간은 아니야.'

아까 전 느껴지던 악력만 놓고 봐도 보통 인간과는 거리가 멀었다.

그렇다면 도대체 상대는 무슨 존재일까.

건형은 몸을 풀었다. 그리고 완전기억능력을 끌어올렸다.

그 순간 심장에 박혀 있던 푸른색 기운이 용솟음쳤다. 그리고 건형의 온몸을 끌어 감쌌다.

루시아가 눈살을 찌푸렸다.

마치 상대가 짙은 서기를 뿌리는 것만 같았다.

그러나 그녀는 아랑곳하지 않고 주먹을 세게 쥐었다.

그런 다음 먼저 달려들었다.

콰앙—

폭음이 울렸다. 그리고 건물이 순간적이지만 뒤흔들린 듯한 착각이 들었다.

'이 미친 말도 안 되는…….'

건형이 입술을 깨물었다.

가공할 만한 괴력.

저 가는 팔목에서 나온다고는 상상조차 할 수 없는 일이다.

쩌저적—

벽면에 금이 갔다.

건형은 모골이 송연해졌다.

자칫 잘못했으면 한 번에 골로 갈 뻔했다고 생각하니 침이 바짝 말랐다.

여태 상대해 온 특수 부대원들은 인간의 한계에 근접한 자들이었지만 건형의 상대가 될 수는 없었다.

건형은 이미 인간의 한계를 넘어선 초인이었으니까.

그리고 오늘 비슷한 수준의 상대를 만났다.

그녀 역시 초인임이 분명했다.

그러나 완벽한 초인 같지는 않았다.

불완전하다고 해야 할까?

그것을 보여주듯 그녀는 약간 딜레이가 된 것처럼 재차

달려들지 못하고 있었다.

'약간의 시간이 필요하다는 거겠지?'

충분히 약점이 될 수 있다.

건형이 반격을 하기 위해 뒤따라 움직였다.

그리고 허리를 비틀며 온몸에 힘을 줬다.

수우우웅―

바람을 가르는 소리가 울렸다.

루시아가 놀란 얼굴로 황급히 뒤로 몸을 날렸다.

그러나 그녀 뒤에는 두툼한 콘크리트 벽이 있었다.

피하기 어려운 상황.

그렇지만 루시아는 아랑곳하지 않고 앉은 자세를 취하며 역으로 건형의 다리를 노렸다.

콰앙―

벽면이 반쯤 부서졌다.

푸른색 기운이 일렁이는 건형의 주먹이 만들어 낸 가공할 현장.

그렇지만 그것을 신경 쓰기보다는 루시아의 역공을 먼저 막아야 했다.

건형은 뒤로 몸을 빼내며 한 번 더 공격을 가했다.

쾅―

폭음이 연달아 울렸다.

공기를 찢고 들어오는 두 사람의 연투가 일순간에 소닉
붐을 만들어 냈다.

그럴 때마다 새하얗던 루시아의 피부가 점점 벗겨져 나
갔다.

인간의 신체에서 오는 한계였다.

'아직 육체가 완벽하게 단련이 된 상태가 아니야.'

건형은 그녀의 약점을 단숨에 읽었다.

그때 병원에서 요란한 사이렌이 울리더니 긴급 대피령이
내려졌다.

『병원 주변에 지진이 발생한 모양입니다. 환자분들은 쉘
터로 대피해 주시길 바랍니다. 응급 환자분들도 차례차례
이동할 테니 비상발전소가 있는 쉘터로 대피할 준비를 하
시길 바랍니다. 보호자분들께서는 안전에 유념해 주시고
질서를 지켜 주십시오. 지금은 실제 상황입니다.』

두 사람이 만들어 낸 현상 때문에 일대 소란이 일었다.

그 무렵 지현도 잠에서 깬 상태였다.

그런데 바로 벽 너머에서 폭음이 들리고 있으니 그녀로
서는 두 귀를 꽉 막고 침대 아래 바짝 엎드릴 수밖에 없었
다.

어떤 영화에서 지진이 일어나면 이렇게 바짝 몸을 수그린 채 침대 아래로 피하면 된다고 들어서였다.

그러는 동안 점점 더 격차가 벌어지기 시작했다.

새하얗던 루시아의 피부에 균열이 일어났다.

그리고 새빨간 피가 흘러나왔다.

반면에 건형의 몸은 멀쩡했다.

그의 신체는 푸른색 기운이 꽉 감싼 채 지키고 있어서였다.

마침내 루시아가 견디지 못하고 몸을 돌렸다.

일단 이 자리를 벗어나기 위해서였다.

그녀로서는 딱히 방법이 없었다.

여기서 잡혔다가는 역으로 자신이 정보를 노출하게 될지도 몰랐다.

그리고 그랜드 마스터한테 이 사실을 알려야만 했다.

상대가 깨어났고 자신보다 강하다고.

그렇지만 건형이 한 발 앞서 있었다.

그는 단숨에 루시아를 붙잡았다.

그리고 그 즉시 푸른색 기운을 끌어올렸다.

건형은 골드코스트에서 머무르는 동안 이 푸른색 기운에 대해 틈틈이 알아봤다.

그리고 그는 뜻밖의 소득을 거뒀다.

단순히 재능을 주는 게 아닐지라도 이 푸른색 기운을 상대방에게 약간이라도 흡수시키게 한다면 그 사람의 이지까지 빼앗을 수 있다는 걸 말이다.

'정말 소름 돋는 능력이야. 어떻게 이런 능력이 생겨 나게 된 거지.'

뇌를 해부한다면 알 수 있게 될까?

아닐 것이다.

인간이 뇌에 대해 아는 건 극히 일부다.

아직도 많은 분야가 제대로 연구되지 않았다.

어쨌든 그것을 알아낸 뒤 건형은 루시아에게 그 방법을 응용해 봤다.

푸른색 기운을 끌어올려서 그녀가 그 기운을 흡수시키게한 다음 정신을 장악하려 했다.

그때였다.

강력한 반탄력이 일어났다.

그리고 붉은색 기운이 뿜어져 나오며 순식간에 푸른색기운을 몰아내기 시작했다.

'이게 뭐지?'

건형은 조금 더 푸른색 기운을 끌어냈다.

이 기운을 많이 쓰면 자신도 지친다.

그래서 건형은 일정량 이상 이 기운을 절대 쓰지 않고 있었다.

여태 그가 가장 많이 썼던 건 그 방청객을 돕기 위해 재능을 일깨워 줬을 때였다.

그런데 지금은 그보다 배 이상 능력을 과도하게 몰아쓰고 있었다.

그만큼 붉은색 기운의 방어는 굳건했고 그 저항은 거셌다.

자칫 잘못하면 자신이 가진 능력을 전부 다 투입해야 할지도 모른다고 생각할 때였다.

굳건한 철옹성이던 루시아의 정신이 허물어졌다.

그와 함께 루시아가 축 늘어졌다.

모든 힘을 한순간에 다 써 버려서였다.

그제야 건형은 마음을 놓고 그녀의 정신을 컨트롤하기 시작했다.

그러나 여기서 또 문제가 생겼다.

'마음대로 되는 일이 없네.'

반드시 장악해야 하는 부분이 전두연합령이다.

사고, 학습, 추론, 계획, 의지, 반성, 감정 등을 담당하는 최고위 중추 기능이다.

뇌 속의 뇌로 대뇌 전두엽 앞쪽에 위치해 있다.

실제로 전두연합령을 잃어버리게 되면?

1848년 미국 공사현장의 감독이었던 피니어스 게이지는 공사 도중 이 부위를 다쳤고 긴급 수술을 통해 목숨은 부지했지만 전두연합령 대부분을 잃었다.

그러면서 그의 성격은 야만적으로 돌변했고 미래를 계획하려는 의지마저 상실했다.

사람을 사람답게 만드는 곳이고 뇌 전체를 총괄하고 감정을 제어하는 기관인 것이다.

그러나 그곳에도 이중삼중으로 다시 한 번 정신이 보호받고 있었다.

건형은 그것을 확인하며 한 가지를 깨달을 수 있었다.

아마 대부분 이렇게 강력한 정신 보호막이 쳐져 있으리라는 것을.

그리고 그것이 만들어지게 된 이유는?

'나 이전의 완전기억자 때문이겠지.'

일루미나티에 막대한 피해를 입힌 자.

아마 그자 때문에 그 일의 재발을 막고자 이런 정신 보호막을 강력하게 씌워 뒀을 것이었다.

현재 건형의 입장에서 전두연합령을 제외한 다른 영역들을 차지하는 것은 그다지 의미 있는 일이 아니었다.

아마도 그녀가 정신을 차린다면?

자신에 대해 호감을 느끼겠지만 자신을 맹목적으로 따르진 못할 터였다.

그래도 제압을 한데다가 그녀를 어느 정도 구속할 수 있게 됐으니 아주 소득이 없었던 것은 아니다.

그러나 몇 가지 문제가 남아 있었다.

우선 지금 머물고 있는 VVIP룸의 상태가 엉망진창이었다.

건형과 루시아가 싸우면서 일어난 충격으로 벽면이 허물어져 있거나 군데군데 박살 난 곳이 적지 않았다.

두 번째는 루시아의 상태였다.

양팔이 새빨갰다. 피부가 벗겨진 것이다. 그리고 그 틈으로 피가 계속해서 흘러나오고 있었다.

잘못하면 과다출혈까지 올지도 몰랐다.

세 번째는 오늘 일어난 일을 해명하는 것이었다.

로얄 클럽에서는 분명히 여기서 일어난 일에 대해 어떻게 된 것인지 알려주길 바랄 테니까.

일단 건형은 두 번째부터 해결하려 했다.

그런데 간호사를 부를 필요가 없을 듯했다.

조금씩이지만 자연스럽게 몸이 치유되고 있었다.

'하아, 진짜 어떻게 만들어 놨길래……'

자동적으로 수복되는 신체라니.

무슨 영화를 보는 것도 아니고.

건형은 혀를 내둘렀다.

그때였다.

"오빠, 도대체 이게 어떻게 된…… 그 여자는 누구야?"

한동안 폭음이 더 이상 들리지 않자 지진이 멈췄다고 생각한 지현이 게스트 룸에서 나오다가 건형과 마주쳤다.

건형은 자신 앞에 있는 루시아를 보며 멋쩍게 웃어 보일 수밖에 없었다.

Chapter. 09

그 뒤 일은 잘 마무리됐다.

로얄 클럽에서는 건형이 깨어났다는 이야기에 반색하고 달려왔다. 그리고 VVIP룸이 반파된 것을 보고서는 황당해할 수밖에 없었다.

그러나 이 근처에서 지진이 일어났다는 병원 관계자의 말에 그러려니 해야만 했다.

'문제는.'

'지진이.'

'일어난 흔적이.'

'아니라는 거지.'

하지만 여기 찾아온 네 사람은 이곳에서 일어난 게 단순히 지진 때문에 일어난 사고가 아니라는 것을 눈치챌 수 있었다.

그도 그럴 것이 벽면이 움푹 파여 있고 어느 쪽은 아예 박살이 나 있으니 그럴 수밖에 없었다.

한편 건형은 루시아에 대해서는 이들에게 숨기기로 했다.

루시아는 일단 건형이 갖고 있어야 할 소중한 히든 카드였다.

일종의 조커라고 할까?

루시아는 스스로 상처가 치유됐기 때문에 의사에게 보일 필요도 없었다.

그 대신 이들이 찾아올 때쯤 건형은 지현과 함께 루시아를 바깥으로 내보냈었다.

그리고 루시아가 어느 정도 정신을 차렸을 무렵 건형은 그녀의 상태를 확인했다.

다행히 그녀는 자신에게 호감을 느끼고 있었다.

맹목적으로 명령을 따르는 건 아니지만 자신을 적대시하고 있지도 않았다.

이 도박이 성공한 것이었다.

그러나 여전히 부담스러운 건 사실이었다.

그녀가 보여준 그 괴력을 생각한다면 더욱더 그랬다.

'일루미나티가 그녀를 보낸 게 분명해.'

자신을 이렇게 위협할 만한 적은 한 명뿐이다.

일루미나티.

그들이 그녀를 보낸 게 틀림없었다.

건형은 그녀에게 한 가지 부탁을 해 보기로 마음 먹었다.

"너를 보낸 사람한테 나를 무사히 제압했다고 전해줄 수 있겠어? 더불어 내 능력에 문제가 생겼고 제 기능을 하지 못하고 있다고 말해 주면 더 좋고."

그녀는 건형 말에 잠시 생각하는가 싶더니 고개를 끄덕였다.

그녀가 보낸 메시지는 그랜드 마스터에게 제대로 도착했고 건형은 그녀를 활용할 만한 가치가 무궁무진하다는 걸 깨달을 수 있었다.

어쩌면 일루미나티의 목을 옭아맬 수 있는 족쇄를 얻은 셈이었다.

그리고 골드코스트를 떠날 시간이 됐다.

4박 5일 동안의 일정.

그동안 크고 작은 일들이 있었다.

처음에는 휴양차 놀러왔다가 첫날 카지노에서 알 왈리드 왕자를 만났고 화보 촬영을 온 혜미를 만났다.

둘째 날에는 그레이트 배리어 리프에 가서 달콤한 하루를 보냈고 셋째 날에는 체스 대회에 참가해서 슈퍼 컴퓨터를 상대로 승리를 거머쥐는 쾌거를 기록했다.

우승 상금 2천만 달러는 이미 통장에 입금이 되어 있었다.

그 후 넷째 날에는 하루 종일 병원에 입원해 있었고 그러다가 일루미나티에서 보낸 루시아한테 암살당할 뻔했다.

건형은 루시아를 일루미나티의 어쌔신으로 여기고 있었다.

그녀의 정체를 파악하려 했지만 그녀가 이야기한 것은 CFR(외교협의회)의 간부이자 비밀리에 육성된 어쌔신이라는 것뿐이었기 때문이다.

그래도 일루미나티에 거짓 정보를 보내서 잠시 동안 시간을 벌 기회를 얻었다.

이제 닷새째 되는 날 온갖 일들을 다 겪고 한국으로 돌아갈 수 있게 된 것이다.

알 왈리드 왕자는 공항까지 손수 마중을 나왔다.

그 곁에는 헨릭 올거 왈데마르 왕자와 엠마 미른, 그리고 뒤퐁가의 가주 크리스토퍼 뒤퐁도 함께하고 있었다.

"조심히 돌아가시오. 그리고 우리 로얄 클럽은 언제든지 귀하를 환영한다는 것을 알아 두시오."

"고맙습니다."

"정말이오. 일루미나티처럼 속을 알 수 없는 시커먼한 자들하고는 함께 지내지 마시길. 그러면 다음에 뵙겠소."

건형은 그들과 인사를 나눈 다음 브리즈번으로 향하는 비행기에 올라탔다.

한국으로 돌아갈 시간이었다.

건형은 한 명 더 일행이 늘어난 상태로 비행기를 기다렸다.

그러는 사이 건형은 지혁과 통화를 하고 있었다.

"이제 돌아갈 거예요."

[그래? 빨리 와라.]

"무슨 일 있어요?"

[헨리 잭슨 교수가 오늘 출국할 거 같다.]

"벌써요? 아직 이틀은 남은 거 아니었어요?"

[급한 일이 생긴 모양이야.]

"음, 비행기 타고 바로 돌아갈게요. 아, 그리고 손님이 한 명 더 늘었어요."

[아, 그 병원에서 너 죽이려고 했던 그 여자 말이야? 어떻게 코브라의 독을 주사기에 넣어서 너한테 찌르려고 했데?]

"그러게요. 까딱 잘못했으면 죽을 뻔했어요."

물론 푸른색 기운이 있기 때문에 어떻게 되었을지는 확신할 수 없긴 했지만.

그래도 위험했던 건 맞았다.

[그 여자는 어디서 지내게 하게?]

"음, 아무래도 우리 집에 둬야 하지 않을까요? 지현이 옆에 뒀다가 그 여자가 제 지배에서 벗어나기라도 한다면 지현이가 위험해져요."

물론 지현이는 그것을 대단히 싫어하겠지만 어쩔 수 없는 일이었다.

건형은 그녀를 2층에서 지내게 할 생각이었다.

그녀가 건형의 영향력 안에 들어온 건 사실이었지만 그렇다고 해서 그녀가 무슨 꼭두각시 인형처럼 건형을 따르고 있는 건 아니었다.

이를테면…….

이제 막 사랑을 알기 시작한 풋풋한 이십 대 소녀처럼 건형을 믿고 따른다고 할까?

그렇다 보니 지현으로서는 여전히 속이 불편할 수밖에 없었다.

혜미, 민영, 지수에 이어 이제는 웬 엘프를 쏙 빼어 닮은 것 같은 이국적인 여자까지 나타났으니까.

물론 충분히 설명을 듣긴 했고 이해가 가는 것도 사실이었지만 감정적으로는 그렇지 않았다.

지금쯤에 와서는 건형이 바람둥이로 인식될 정도였다.

양다리도 아니고 네다섯 다리는 걸치고 있는 것 같았으니까.

'오징어도 아니고 도대체 몇 명째인 거야!'

그나마 꾹꾹 화를 눌러 담고 있기에 망정이지 그렇지 않았더라면 벌써 싫은 소리가 한두 번 오고 갔을 터였다.

그때 비행기 출국 시간이 다가왔다.

"형, 있다가 한국에서 봐요."

[그래, 마중 나가 있을까?]

"그래야 할 거 같아요. 공항에 세워 둔 차는 2인승이니까요."

[그러니까 내가 SUV로 사라고 했잖아.]

"그래도 이십 대에 스포츠카는 타 줘야죠."

건형은 전화를 끊은 뒤 지현에게 다가왔다.

"미안해."

"됐어요. 그보다 진짜 오빠 집에서 머무르게 할 거예요?"

지현이 눈살을 찌푸리며 루시아를 바라봤다.

그녀는 건형한테 팔짱을 낀 채 딴청을 피우고 있었다.

그 모습에 지현은 얼굴을 구겼다.

"있다가 한국 도착하면 어떻게 할 거예요?"

"응?"

"기자들 엄청 몰려 있을 텐데 뭐라고 말하실 거냐고요."

"……."

생각해 보니 그게 문제였다.

기자들이 이 상황을 보면 뭐라고 할까?

삼각관계라고 온갖 소설을 지어내기에 가장 적합하지 않을까?

골드코스트로 휴양을 갔다가 웬 금발 여자를 데려온 것이니까.

그녀를 오스트레일리아 사람으로 둔갑시킨 다음 휴양지에 가서 조강지처를 버리고 새 애인을 데려온 못된 놈으로 둔갑시키는 것도 충분히 가능한 일이다.

강해찬 국회의원이나 장형철 보좌관이라면 그런 수법을 쓸 수 있을 테고.

결국 건형은 여기서 루시아를 한 번 손댈 필요성이 있다고 생각했다.

"너무 그렇게 가까이 붙진 말고. 그냥 여동생인 것처럼 해.”

“……”

그러나 루시아는 아무 말도 하지 않았다.

원래 평소에 말이 없는 성격인 듯했다.

그 사람을 제어 아래 둔다고 해도 그 사람이 타고난 성격이나 특질 같은 건 바꿀 수 없기 때문이다.

“휴, 조커가 아니라 완전 혹 덩어리네.”

그래도 효과를 발휘한 듯 그녀는 아까 전보다는 조금 거리를 두고 있었다.

브리즈번 국제 공항을 떠난 비행기는 10시간 정도의 비행 끝에 인천 국제 공항에 도착했다.

건형을 비롯한 일행은 한국으로 귀국하는 사람들의 눈길을 단숨에 사로잡았다.

워낙 눈에 띄는 이목구비들인 데다가 건형 옆에 있는 이국적인 외모의 미녀 때문이었다.

그 때문에 건형은 남자들로부터는 경외 어린 눈길을, 여자들로부터는 바람둥이로 이미 반쯤 낙인 찍힌 상태였다.

여하튼 그들은 인천 국제 공항에 도착했고 이미 공항은 난리법석이었다.

수많은 취재진들이 공항 일대를 쫙 점거하고 있었다.

지난번처럼 사진 한 장 못 찍고 도망치도록 두지 않겠다는 각오가 엿보였다.

"에휴, 돌아버리겠네."

그때 건형은 공항에서 어색하게 한 일행과 다시 만날 수 있었다.

"같이 귀국하셨네요?"

그녀는 다름 아닌 걸그룹 슈퍼스타의 리더 박가연이었다.

혜미는 표정이 좋지 않은 듯 무척 어두워 보였다.

화보 촬영 내내 컨디션이 좋지 않았던 모양이었다.

그리고 여전히 지현과는 냉전 중인 듯했다.

그때 건형을 본 혜미가 눈을 휘둥그레 뜨더니 건형 옆에 서 있는 키 크고 늘씬한 체형의 하얀 미녀를 노려봤다.

가뜩이나 친구가 이미 자리를 차지한 상태에서 웬 돌이 하나 더 굴러들어 왔기 때문이다.

게다가 외국인이라 그런가 발육도 장난 아니었고 하얀색 피부가 더욱더 눈에 띄게 만들고 있었다.

'저게 알비노…… 그거였지?'

혜미는 하는 수 없이 지현에게 다가가서 물었다.

"저 여자 누구야?"

"나도 몰라!"

지현이 퉁명스럽게 대답했다.

그녀 역시 기분이 좋지 않았다.

실제로 여기 오는 내내 저기압 상태였다.

루시아 때문이었다.

"도대체 누군데 오빠 옆에 저렇게 붙어 있는 건데? 너 설마 차였어?"

"누가! 말도 안 되는 소리 하지 마! 그냥 오빠가 알고 지내던 여동생 애야."

"여동생이라고? 하나도 안 닮았는데?"

"알고 지내던 여동생이라고! 친동생 말고. 나도 그거밖에 몰라. 아, 루시아라는 이름까지는 아네. 칫."

"그런데 유독 오빠를 따르는 거 같은데?"

"내가 어떻게 알아!"

지현은 빽 화를 내고는 돌아섰다.

혜미가 입술을 깨물었다.

굴러 들어온 돌이 박힌 돌을 빼내게 할 순 없었다.

엄연히 자신도 박힌 돌이었다.

"먼저 나가세요. 저희가 뒤따라갈게요."

걸그룹 슈퍼스타의 매니저가 양보를 해 왔다.

이 공항에 모인 기자들 모두 화보 촬영을 마치고 돌아온 슈퍼스타가 아닌 건형과 지현, 그리고 정체불명의 외국인 소녀를 보러 모인 사람들일 터였다.

그들이 시선을 끈 이후 조용히 공항을 빠져나가는 게 더 나을 터였다.

"괜찮으시겠습니까?"

건형이 조심스럽게 물었다.

"예, 괜찮습니다. 어차피 저희 보러 온 기자들도 아닌데 요 뭘."

"알겠습니다."

일단 여기를 벗어나야 했다.

지혁이 바깥에 차를 대 놓고 있다니까 루시아부터 태울 생각이었다.

건형과 지현이 캐리어를 끌고 루시아가 그 뒤에 붙은 채 입국장을 통해 입국하기 시작했다.

그들이 나오자 카메라 셔터음이 사방에서 쏟아졌다.

소음 공해에 가까운 수준이었다.

그리고 기자들이 몰려들려고 했다.

그때 공항 요원들이 그 앞에 가드 라인을 세웠다.

"더 이상 들어오시면 안 됩니다."

"밀고 들어오지 마세요!"

아무래도 지혁이 사전에 연락을 취해 둔 모양이었다.

그때 정장을 입은 사내가 건형에게 다가왔다.

"기자회견을 하실 겁니까?"

"아닙니다."

"김지혁 씨가 연락을 해오셨습니다."

"아, 지혁이 형요? 어디에 계시죠?"

"저만 따라오시면 됩니다."

건형은 그의 뒤를 쫓았다.

그리고 얼마 지나지 않아 걸그룹 슈퍼스타가 차례차례 입국장을 통해 들어왔다.

그러나 당일 그녀들은 기사에 모자이크돼서 실리는 굴욕을 맛보고 말았다.

그렇게 일대 소요가 끝나고 며칠 뒤 인천 국제 공항에 그가 입국했다.

바로 헨리 잭슨 교수였다.

헨리 잭슨 교수가 입국하기 전까지 건형은 그동안 밀린

일들을 하나둘 해결하고 있었다.

이미 인터넷에는 그들 기사로 도배가 되다시피 하고 있었다.

무엇보다 건형과 함께 입국한 흰 피부의 여성.

그녀의 정체에 대해 갑론을박이 이어지고 있었다.

그녀도 지현 못지 않게 아름다운 데다가 하얀 피부 때문일까.

처음 그녀를 보면 떠오르는 건 잘 조각된 하나의 인형이었다.

게다가 서양 미녀에 대한 그 특유의 오버스러움이 한몫을 단단히 했다.

그렇다 보니 어느새 네티즌들은 그녀에 대해 갑론을박하고 있었다.

왜 건형, 지현과 함께 입국했는지.

왜 함께 떠났는지.

골드코스트에서 만난 것인지.

그곳에서 함께 돌아온 건지.

등등.

각종 이야기가 오고 가고 있었다.

한편 또 한국 사람들에게 가장 많이 이름이 알려진 곳이 골드코스트였다.

오스트레일리아에서 휴양을 즐기기 가장 좋은 곳으로 유럽 부유층들이 주로 휴양을 떠난다는 말에 공교롭게도 한국 사람들에게도 이곳 여행 상품이 크게 인기를 끌게 된 것이었다.

그래서일까.

대부분의 여행사들에서는 골드코스트 휴양 상품을 적극적으로 런칭하며 이곳을 어필하고 있었다.

어쨌든 인천 국제 공항에 도착한 그날 건형은 지현과 함께 스포츠카를 타고 집으로 향했고 지혁이 루시아를 태우고 그 뒤를 바짝 쫓았다.

집으로 향하는 내내 지현은 뾰로통한 상태였다.

골드코스트로 같이 여행을 떠난 건 좋았다.

그런데 체스 대회를 참가하고 그랬다가 루시아를 만나게 되고.

여기서부터 상황이 꼬이기 시작했다.

그러면서 지금은 그 루시아가 한국까지 오게 됐고.

산 넘어 산이랄까.

지현은 스마트폰을 확인했다.

이미 실시간 검색어에 자신과 건형의 이름이 오르락내리락

하고 있었고 알비노 증후군에 관한 글도 올라오고 있었다.

게다가 연예란에는 인천 국제 공항을 통해 들어온 건형과 지현, 그리고 그들 뒤를 따르던 알비노 증후군에 걸린 듯한 여인까지.

그 정체에 대해 온갖 이야기가 오고 가는 중이었다.

"괜찮아. 문제없어."

건형도 지현의 기분을 십분 이해할 수 있었다.

하필이면 여행 마지막에 이렇게 꼬일 줄이야.

그러나 일루미나티의 경계를 허물어트리려면 그녀를 함께 데려가야 했다.

일루미나티에서도 그녀가 자신과 함께 있다는 걸 알게 되면 안심할 것이 분명했다.

"칫, 그걸 어떻게 알아요. 이미 파다하게 소문이 났다고요. 그리고 혜미도……."

"혜미가 뭐라고 그랬어?"

"삼각관계 아니냐고 그랬다고요. 혜미 말고 다른 사람도 그렇게 물어볼 게 뻔할걸요."

"아니, 그러니까 그건……."

그때 건형의 휴대폰이 울렸다.

발신자를 확인해 보니 레브 엔터테인먼트의 사장 정명수

였다.

건형이 전화를 받았다.

"예, 무슨 일이시죠?"

[박 이사님, 입국하셨다고 들었습니다. 그런데 조금 골치 아픈 일이 생겨서요.]

건형이 한숨을 살짝 내쉬었다.

무슨 일인지 듣지 않아도 알 것 같았다.

[지금 같이 입국한 사람이 누군지 그에 관해 문의 전화가 엄청 많이 오고 있는 중입니다. 대부분 다 기자들이고요. 그래서 그걸 해명을 하든가 해야 할 거 같은데 저희가 아는 게 없다 보니……]

"제 여동생입니다."

[네? 여동생이라고요?]

"네, 그렇습니다. 친동생은 아니고 별 관계 아닙니다. 그러니까 걱정하지 않으셔도 됩니다."

[휴, 그렇군요. 아무래도 이사님 이미지가 안 좋아지면 그게 다 우리 회사 이미지에도 여러모로 타격이 갈 수 있으니까요.]

"예, 있다가 집에 도착하는 대로 제가 보도자료를 보내도록 하겠습니다."

현재 루시아의 상태는 불안정했다.

건형을 신뢰하고 있긴 했지만 그 상태가 완벽하지 않았다.

이를테면 어디로 튈지 모르는 공이라고 할까.

그렇다 보니 건형은 하루 이틀 그녀를 데리고 있으면서 조금 더 세뇌를 할 생각이었다. 그런 다음 그녀가 자신을 완벽하게 신뢰하게 되면 그때 그녀를 돌려보낼 생각이었다.

그런데 시작부터 상황이 꼬이게 생겨 버렸다.

이미 예상하고 있던 일이긴 했다.

충분히 짐작 가능한 상황.

둘이서 휴양을 갔다 왔는데 셋이 되어 돌아왔다.

그런데 그 한 명이 이십 대 초중반쯤 되어 보이는 아주 인형처럼 아름답게 생긴 금발 여인이라면?

당연히 이런저런 이야기가 나올 수밖에 없다.

그건 어쩔 수 없는 것이다.

게다가 인터뷰도 없이 바로 와 버렸으니 오해가 쌓일 수밖에.

아무래도 하루라도 빨리 그녀를 돌려보내야겠다는 생각뿐이었다.

원래는 그녀를 통해서 일루미나티의 실체를 파악해 보려고 했지만 그러기에는 그녀의 뇌에 펼쳐진 정신보호막이 너무나도 굳건했다.

집에 도착한 건형은 스포츠카를 지하 주차장에 세웠다.

여전히 지현의 표정은 냉랭해 보였다.

그러나 그건 건형으로서도 이해해야 할 부분이었다.

지금 그녀는 기분 좋게 휴양을 갔다 왔다가 그 기분이 순식간에 망가져 버린 상황이었다.

그리고 그 잘못은 전적으로 건형한테 있다고 봐야 했다.

그가 의도하든 의도하지 않았든.

"지현아."

"왜요."

퉁명한 목소리.

건형이 입을 열었다.

"루시아는 내일이나 모레쯤 돌려보낼 거야."

"괜찮겠어요?"

지현도 루시아의 정체를 알고 있다.

일루미나티에서 보낸 사람이라는 것을.

그녀 때문에 속상한 건 사실이지만 그렇다고 해서 건형의 일까지 그르치게 할 수는 없는 것이었다.

"괜찮아. 걱정하지 않아도 돼. 사실 그녀를 통해 일루미나티에 대해 더 많이 알아보려고 했는데 생각만큼 그게 쉽지 않더라고. 워낙 정신적으로 단단하게 보호되어 있어서 말이야. 크게 이득될 것도 없고 그냥 돌려보낼 생각이야."

"괜찮은 거죠?"

"응. 일단 지혁 형하고도 조금 더 이야기를 해 봐야겠지만 그렇게 해야지."

그리고 얼마 지나지 않아 지혁도 도착했다.

루시아도 함께 내렸다.

건형이 두 사람을 번갈아 바라봤다.

어색한 모습에 건형이 웃으며 물었다.

"차 안에서 뭐했어요?"

"뭐하기는. 아무 말도 안 했어. 일단 들어가자."

"예."

건형은 일단 자신의 집으로 올라왔다. 그리고 거실 쇼파에 지혁이 앉고 루시아와 지현도 그 옆에 자리를 잡았다.

우선 건형은 지혁을 끌고 방 안으로 들어왔다.

루시아가 위험한 건 맞지만 지금은 건형이 어느 정도 그녀를 구속해 둔 상황.

걱정할 만한 일은 일어나지 않을 터였다.

"어떻게 할 생각이야?"

"그냥 미국으로 돌려보내려고요."

"괜찮겠어?"

"네. 일루미나티는 아마 제가 기절한 걸 보고서 저 여자를 보냈을 가능성이 높아요. 그리고 저 여자는 무슨 어쌔신 그런 비슷한 거겠죠. 정말 강력하더라고요. 게다가 인위적으로 신체 실험 비슷한 걸 해서 신체 능력을 극도로 활성화시킨 게 분명해요. 그것도 알아볼 수 있으면 좋을 거 같은데 그녀가 허락할 거 같지 않고요."

"음, 그 정도로 그녀의 정신이 강하다면 별수 없지. 나도 혹시 하는 생각에 이런저런 데이터베이스를 다 돌려봤는데 도통 정보가 나오질 않더라고."

"그럴 거예요. 그들은 존재하되 존재하지 않는 걸 표방하고 있으니까요. 그보다 장형철 그 사람은 어떻게 됐어요?"

"응, 알아봤지."

지혁이 장형철에 관한 자료를 태블릿 PC를 꺼내 보여줬다.

올해 서른두 살의 장형철은 비교적 빠른 나이에 국회의원의 수석 보좌관이 된 케이스였다.

그의 아버지 역시 강해찬 국회의원의 보좌관으로 일했다는 것을 보면 강해찬 국회의원의 심복이라고 봐야 할 것 같았다.

그런데 그의 평가는 꽤 좋았다.

싹싹하고 맡은 바 일을 열심히 하며 젊은 나이에도 불구하고 수석 보좌관으로서 모범이 된다는 등 좋은 평이 많았다.

"겉으로 보기엔 최고네요?"

"응, 그렇지. 뭐 여러 차례 알아봤는데 평이 정말 좋아. 뿐만 아니라 사람들 사이에서 잡음이 없기도 하고. 같이 일하고 싶다고 하더라고."

"그만큼 능력이 있다는 거네요."

"그렇지. 그리고 알아보니까 특수부대 출신이고 꽤 성적이 좋았다고 하더라고. 무공훈장 같은 것도 받은 거 같고. 장형철 아버지는 장태식이라고. 삼 년 전에 죽었어. 그런데……."

지혁이 말끝을 흐렸다.

건형이 의아한 얼굴로 그를 바라봤다.

"무슨 문제 있어요?"

"휴, 그 사람이 형님을 치여 죽인 거 같아."

밤에 일어났던 뺑소니 사고.

지혁의 말은 그 범인이 바로 장형철 수석 보좌관의 아버지인 장태식일 가능성이 높다는 것이었다.

"그렇군요."

"……괜찮냐?"

"예. 괜찮아요. 그럼 강해찬 국회의원이 배후에 있는 건

확실한 거네요."

"응, 그렇지."

"결국 그 사람과 저는 하늘을 같이 이고 살 수 없는 사이가 됐네요."

불구대천지수라는 말이 있다.

하늘을 함께할 수 없는 원수를 일컫는 말이다.

나와 상대방 이렇게 둘 중 한 명은 죽어 없어져야 하는 걸 의미하는데 가족을 죽인 사람을 가리켜 하는 말이기도 하다.

건형에게 강해찬 국회의원과 장형철 수석 보좌관은 불구대천지수였다.

반드시 복수를 해야 할 대상이라는 이야기다.

그렇다고 해서 건형은 그들을 죽일 생각은 없었다.

그들이 아버지를 죽였다고 해서 똑같이 그들을 죽이는 건 아버지가 원치 않는 일일 것이다.

그렇기에 건형은 그들이 가장 소중하게 여기는 것.

그것을 빼앗아 갈 생각이었다.

강해찬 국회의원이 가장 소중하게 여기는 건 뭘까?

바로 권력이다.

지금 그가 6선 국회의원인 것도 그 권력을 손에 쥔 채 놓지 못하기 때문이다.

그가 가장 소중하게 여기는 권력.

그것을 빼앗아가는 게 최고의 복수가 될 것이다.

장형철 수석 보좌관은?

그는 아버지부터 강해찬 국회의원을 지척에서 모신 것으로 보인다.

어쩌면 장형철의 집안이 대대로 강해찬 국회의원을 모신 걸 수도 있다.

그런 그에게 강해찬 국회의원은 무조건 받들어 모셔야 할 대상일 터.

강해찬 국회의원의 파멸을 지켜보게 하는 게 최고의 복수일 수 있었다.

"언제 시작할 거냐?"

"이제 곧 시작해야죠."

건형이 웃으며 대답했다.

복수의 시간이 멀지 않았다.

이제 본격적으로 움직일 생각이었다.

아버지의 복수를 위해.

그리고 그가 꿈꾸던 미래를 위해서.

Chapter. 10

건형은 그 이후로도 지혁과 조금 더 이야기를 나눴다.

일루미나티, 로얄 클럽 그리고 루시아에 관해서였다.

"일루미나티의 움직임은 어때?"

"루시아한테 일단 허위 보고를 해 두게 했어요. 그들이 믿을지 안 믿을지는 모르지만 아무래도 기다려 봐야 할 거 같아요."

"그렇겠네. 지현이는? 표정이 썩 안 좋던데."

"아, 그게 슈퍼스타 멤버들도 골드코스트에 왔었어요. 화보 촬영차 왔다는데 혜미가 바득바득 우겨서 온 거라고 하더라고요."

"그랬구나. 지현이 입장에서는 짜증 날 법한 일이었네. 그리고?"

"루시아 때문이죠. 같이 입국했잖아요. 기자들도 많은 상황이었고. 지현이 입장에서는 신경이 쓰일 수밖에 없겠죠. 게다가 루시아가 꽤 많이 예쁘기도 하고요."

"그렇겠네. 그래서 어떻게 할 생각이야?"

"일단 루시아는 돌려보내야죠. 괜히 데리고 있을 필요도 없고."

"음, 알고 보니 루시아가 정말 중요한 사람이었다면? 그러니까 일루미나티에서 꽤 중요한 위치에 있는 사람이라면 아쉽지 않겠어?"

"그렇겠지만 설마 그렇게 중요한 위치에 있는 사람을 암살자로 보내겠어요?"

건형의 추측은 논리적이었다.

대개 암살자는 버리는 카드다.

물론 전부 다 그렇지는 않겠지만 자신을 죽이려고 보낸 사람이 일루미나티의 고위 인사일 확률이 얼마나 될까.

지혁도 멋쩍게 웃어 보였다.

"그렇겠지. 설마 걔네도 멍청이도 아니고 그러진 않겠지."

"예."

건형과 지혁은 방 안에서 나왔다. 그리고 루시아를 돌려 보내기로 마음먹고 그 사실을 이야기하려 했다.

그때였다.

휴대폰이 울렸다.

건형은 잠시 휴대폰을 확인했다.

헨리 잭슨이었다.

"잠시만요. 전화 좀 받을게요."

건형은 전화를 받았다.

헨리 잭슨이 웃으며 인사를 해 왔다.

[휴양은 잘 갔다 왔나? 지금 막 한국에 도착했다네.]

"인천 국제 공항에 계신 건가요?"

[그렇다네. 자네 집으로 찾아가려 하는데 말이야. 어디로 가면 되는지 알려주면 알아서 찾아가도록 하겠네.]

"음, 예. 알겠습니다. 주소를 연락처로 보내드리도록 하 겠습니다."

건형이 전화를 끊자 지혁이 물었다.

"헨리 잭슨 교수님이야?"

"네. 여기로 바로 오신다고 하네요."

"음, 아! 그러면 헨리 잭슨 교수님은 혹시 저 여자를 알아볼 수 있지 않을까?"

"글쎄요. 헨리 잭슨 교수님이 알까요?"

"혹시 모르는 일이니까."

"그럼 기다렸다가 결정하죠."

그리고 얼마 지나지 않아 헨리 잭슨 교수가 도착했다.

그는 깔끔한 정장 차림이었는데 얼굴 표정이 꽤 핼쑥해 보였다. 그리고 커다란 안경을 쓰고 있었는데 그 때문이라도 그를 알아볼 사람은 얼마 없을 듯했다.

"오랜만이군, 미스터 박."

"예. 그동안 잘 지내셨습니까?"

"하하, 그럴 리가 있나. 휴, 마음고생이 심했지."

"일단 들어오시죠."

헨리 잭슨 교수가 집 안으로 들어왔다.

지현은 플뢰르 앨범 발매 때문에 회사에 들어간 상태였고 거실에 남아 있는 사람은 지혁과 루시아 두 명뿐이었다.

그때 루시아를 본 헨리 잭슨 교수가 눈을 휘둥그레 떴다.

"응? 저 여자가 왜 여기에 있는 건가?"

"누군지 아십니까?"

"음, 하긴 자네는 모를 수도 있겠군. 저 여자의 이름은 루시아, 루시아 베네딕트라고 하네."

국면이 바뀌었다.

헨리 잭슨 교수가 그녀를 알고 있다.

상황이 여의치 않게 변해 가고 있었다.

건형은 헨리 잭슨 교수의 말을 경청했다.

그녀는 루시아 베네딕트.

베네딕트가의 가주라고 했다.

꽤 직위가 있는 여자인 셈이다.

베네딕트가는 교황청의 배후에 자리 잡고 있는 가문으로 오랜 시간 교황청을 뒤에서 좌지우지해 왔다고 했다.

그 영향력이 엄청 막강해서 일루미나티에서도 꽤 높은 위치라고 했다.

적어도 13인 위원회의 한 자리는 차지하고 있지 않을까 생각된다는 것이 헨리 잭슨 교수의 중론이었다.

"음, 그런데 왜 그렇게 높은 위치에 있는 사람이 저를 암살하러 온 것일까요?"

"암살이라고 했나?"

"예."

건형이 골드코스트에서 일어났던 일을 간단하게 설명했다.

이야기를 듣던 헨리 잭슨 교수가 한숨을 내쉬었다.

"그런 일을 저질렀었군. 자네 말대로 조금 어처구니없는 일이긴 하군. 그런데 내 기억이 틀리지 않았다면 그녀는 루시아 베네딕트가 맞네. 물론 베네딕트가에 변고가 일어났고 그녀가 가주 자리에서 내쫓겼다면…… 가능성이 있을 법하기도 하지."

13인 위원회에 속하는 지체 높은 사람이 암살에 동원됐다?

이해할 수 없는 일이었다.

물론 건형은 알 수 없었다.

그녀가 그랜드 마스터의 밀명을 받고 왔다는 걸 말이다.

그랜드 마스터는 건형의 상태를 확실히 알아낼 것을 원했다.

그리고 만약 그가 완전기억능력자라면 바로 빠져나올 것을, 그가 불완전기억능력자라면 제거할 것을, 아예 능력을 잃어버렸다면 내버려 둘 것을 이야기했었다.

그러나 여기서 변수가 생겼다.

건형이 그녀를 제압하는 데 성공했고 그녀가 자신에게 호감을 가지게 하는 것도 성공했다. 그리고 그는 그녀로 하여금 일루미나티한테 자신의 능력에 문제가 생겼다고 연락을 보내게 한 것이었다.

그게 잘 먹혀들었고 건형 입장에서는 일이 수월하게 잘 풀린 셈이었다.

당분간이긴 해도 일루미나티의 감시망을 피할 수 있게 되었으니까.

"그녀가 꽤 중요한 위치에 있긴 하지만 인질로 삼는다는 생각은 저버려야 할 것이네. 일루미나티한테 인질이라는 개념은 없거든. 어차피 그 패가 문제 있다고 생각하면 과감 없이 버릴 사람들이지. 그럴 바에는 그냥 돌려보내는 게 나을 거야."

헨리 잭슨 교수가 충고를 해 왔다.

건형도 그 점에 동의했다.

"그래서 내일쯤 돌려보낼 생각이었습니다."

"잘 생각했군. 그러면 그건 나중에 해결하기로 하고 잠시 이야기를 나눌 수 있겠나?"

헨리 잭슨 교수의 요청에 건형이 흔쾌히 고개를 끄덕였다.

"물론입니다."

"후, 자리를 옮기지."

건형이 지혁과 함께 헨리 잭슨 교수를 쫓아가려 할 때였다.

헨리 잭슨 교수가 지혁을 가리키며 물었다.

"저 사람도 함께 가는 것인가?"

"예."

"음, 나는 자네와 단둘이 이야기하고 싶네만."

"어차피 저는 지혁 형과도 교수님 사이에서 오고 간 일을 이야기해 줄 생각입니다. 그러니까 같이 들어도 크게 문제는 없을 겁니다."

"정 자네 뜻이 그렇다면 그렇게 하도록 하지."

세 사람은 2층으로 자리를 옮겼다.

그리고 방 안에 들어선 헨리 잭슨 교수가 허탈한 목소리로 입을 열었다.

"내가 일루미나티의 후원을 받아들이기로 마음먹은 건 그들이 이 세상을 이롭게 하려 한다고 믿어서였네. 실제로 처음에만 해도 일루미나티는 정의로운 집단이었지."

그는 자신이 알던 일루미나티에 대해 이야기하기 시작했다.

처음에 일루미나티를 알게 됐을 때만 해도 그들은 공공의 이익을 많은 사람들에게 돌려준다는 생각을 갖고 있었다고 했다.

즉, 자본의 재분배를 통해 많은 사람들에게 조금 더 혜택이 돌아가게끔 하고자 했다는 것이다.

그리고 그것을 위해서 많은 학자들을 포섭했다.

수많은 학자들이 일루미나티에 기꺼이 힘을 보태기로 했고 헨리 잭슨과 알렉산더 페렐만도 그렇게 하기로 했다.

처음에만 해도 헨리 잭슨 교수와 알렉산더 페렐만 교수 두 사람은 일루미나티에 협력했고 그들의 후원 아래 여러 논문을 쓸 수 있었다.

하나같이 학계에 신선한 충격을 줄 수 있는 논문들이었고 두 사람은 이십 대 중반에 세계 수학계를 좌지우지할 수 있는 초신성이라는 평가까지 받았다.

그런데 어느 순간 일루미나티가 서서히 변질되어 가기 시작했다.

공공의 이익을 위해 움직이겠던 모토는 온 데 간 데 사라졌고 그 대신 그들은 개인의 이익을 위해 움직이게 됐다.

그리고 그 변화의 중심에 있던 게 바로 그랜드 마스터라는 존재였다.

처음 헨리 잭슨 교수가 일루미나티의 후원을 받을 때에만 해도 그랜드 마스터라는 존재는 없었다.

13인 위원회가 존재했고 자신을 후원해 주기로 한 클라인 아이젠하워 같은 경우 공명정대한 인물이었다.

헨리 잭슨 교수도 그를 믿고 일루미나티의 후원을 받아 들이기로 한 것이었다.

실제로 그 덕분에 알렉산더 페렐만 교수와 함께 푸앵카레 추측을 증명할 수 있었고 필즈상까지 탈 수 있었던 것이었다.

그런데 그랜드 마스터의 등장 이후 모든 게 바뀌었다. 그랜드 마스터, 그의 사익을 챙기기 위한 집단으로 변모해 버리고 만 것이었다.

이것은 헨리 잭슨 교수가 원하던 바가 아니었다.

알렉산더 페렐만 교수는 분개했다.

그리고 알렉산더 페렐만 교수는 필즈상 수상을 거부하고 일루미나티의 후원도 더 이상 받지 않기로 결정했다.

헨리 잭슨 교수도 그러려고 했지만 그러기에 그는 이미 하버드 대학교에 많은 제자를 두고 있었다.

마이클 교수나 제인 교수도 그런 경우였다. 그때에는 교수가 아니었지만 만약 자신이 일루미나티의 후원을 받지 않기로 했다면?

그들을 교수로 키워 내지도 못했을 것이다.

그런데 얼마 지나지 않아 변고가 생겼다.

모스크바로 돌아가던 알렉산더 페렐만 교수한테 변고가

생긴 것이었다.

실종 사고였다.

그러나 의심쩍은 정황이 한두 개가 아니었다.

하필이면 일루미나티 후원을 더 이상 받지 않기로 한 뒤 갑자기 실종 사고를 당한 것이었다.

그때부터 헨리 잭슨 교수는 은밀히 일루미나티의 뒤를 캐내기 시작했다. 그리고 비슷한 사건·사고가 더 있었는지 알아봤다.

그리고 헨리 잭슨 교수는 충격에 빠질 수밖에 없었다.

그랜드 마스터가 나타나고 3년, 그동안 자신도 잘 알고 지내던 숱한 학자들이 실종되거나 의문의 사고를 당한 것이었다.

'일루미나티는 위험한 단체다.'

그 후 헨리 잭슨 교수는 일루미나티를 위험한 단체로 규정지었지만 문제는 그들을 상대할 힘이 턱없이 부족하다는 것이었다.

그들은 이미 세계 경제를 좌지우지할 정도로 강력한 힘을 가지고 있었으니까.

록펠러 가문, 로스차일드 가문, 베네딕트 가문, 아이젠하워 가문 등 세계에 그 이름이 널리 알려진 유력 가문들이 모두 일루미나티의 일원들이었기 때문이다.

그렇다 보니 어떻게 할 수가 없었다.

그러던 와중 제자이자 지금은 부교수로 있는 마이클 교수로부터 특이한 일이 일어났다는 것을 듣게 됐다.

그것은 웬 정체불명의 사람이 자신의 논문을 지적했다는 것이었다.

문제는 그 지적이 완벽할 뿐 아니라 그 해결 방법도 완벽하다는 데 있었다.

처음 헨리 잭슨 교수는 일루미나티에서 자신을 시험하는 것으로 생각했다.

그런데 알아보니 그게 아니었다.

그래서 그는 건형을 주목하기 시작했다.

그러면서 헨리 잭슨 교수는 그를 일루미나티로부터 지켜야 한다는 생각을 하게 됐다.

문제는 일루미나티도 그에 대해 주목하기 시작했다는 것이었다.

엄청난 정보망을 가지고 있는 게 바로 일루미나티다.

그들이 자신이 알아낸 것을 못 알아낼 리가 없었다.

어떻게 보면 자신을 감시하고 있을지도 모르는데.

그래서 헨리 잭슨 교수는 선방을 때렸다.

자신이 관심에 두고 있는 한 학자가 있는데 그를 보호하기 위해서라도 일루미나티한테 그를 후원해 줄 수 없냐고 물어본 것이었다.

그 정도 재능을 갖춘 학자를 또다시 잃고 싶진 않아서였다.

그러나 일루미나티는 건형을 불편하게 생각했고 제거하려고 했었다.

헨리 잭슨 교수 입장에서 그것은 예상하지 못한 일이었다.

그래서 서둘러 그를 빼돌릴 필요가 있다고 생각했고 그후 자신의 마음을 확고하게 굳힌 것이었다.

일루미나티한테 등을 돌리기로.

"오늘 여기 오게 된 것은 그런 이유 때문일세."

헨리 잭슨 교수는 솔직하게 자신의 이야기를 털어놓았다.

건형이 그를 바라봤다.

눈동자에는 한 치의 주저함도 없었다.

솔직한 심정, 그대로였다.

건형이 고개를 끄덕이며 물었다.

"제가 무엇을 해 주시길 바라십니까?"

"내가 속해 있는 단체의 사람들을 만나 줄 수 있겠나? 그들 모두 하나같이 저명한 학자들로 일루미나티의 이중적인 행동에 분개해서 모였다네."

"그 단체의 이름이 무엇입니까?"

헨리 잭슨 교수가 대답했다.

"르네상스일세."

르네상스.

14세기에서 16세기 사이 이탈리아를 중심으로 해서 서유럽에 일어났던 인간성 해방을 위한 문화 혁신 운동을 가리키는 말로 유럽 문화의 근대화에 이바지했던 문화 혁명을 가리킨다.

그들이 스스로 르네상스라 이름 붙인 것도 그러한 이유에서일 터였다.

일루미나티로부터 해방돼어 인간성을 찾겠다는.

건형이 대답했다.

"그렇게 하겠습니다. 시간이 된다면 언제든 약속을 잡아주시죠."

일루미나티를 상대하기 위해서라도 언젠가 한 번쯤은 만나 볼 필요가 확실히 있었다.

거대한 적을 상대하려면 그만큼 두루두루 아군을 많이 만들어 둬야 했으니까.

헨리 잭슨 교수가 속해 있는 르네상스와는 조만간 만나기로 약속한 뒤 건형은 그에게 앞으로 어떻게 지낼지에 대해 물었다.

이대로 미국으로 돌아갈지 아니면 다른 길을 선택할지에 대해서 말이다.

그런데 헨리 잭슨 교수의 대답은 뜻밖이었다.

"하버드 대학 교수직은 이미 내려놓고 왔네."

"예?"

그가 알기로 헨리 잭슨 교수 같은 경우 하버드 대학교 명예 교수다.

푸앵카레의 추측 증명에 이어 리만 가설 증명까지.

수학계에 다시 나오기 어려울 만큼 위대한 업적을 세운 그에게 하버드 대학교가 명예 교수 자리를 주지 않을 이유가 없다.

그런데 그 하버드 대학교 명예 교수 자리를 내려놓고 왔다고?

왜?

어째서?

건형이 의뭉스러운 얼굴로 그를 바라봤다.

헨리 잭슨 교수가 웃으며 말했다.

"하하, 그렇게 쳐다보니 내가 정말 멍청한 짓을 한 게 맞나 보군."

꽤 많은 연봉에 안정적인 직장 그리고 하버드 대학교의 명예 교수라는 사회적인 지위.

그 모든 것을 내팽개친 것이다.

"그 자리는 마이클에게 넘겼네. 마이클이라면 충분히 내 몫을 해 줄 수 있을 테지."

"총장한테도 이야기하고 온 겁니까?"

"처음에는 그 양반도 무척 반대했지. 그래도 한국에 몇 년 머물러야 할 일이 있다니까 더는 반대하지 않더군. 일단 내 요청은 반려됐네. 언제든 돌아오고 싶으면 돌아오라는 이야기지."

"그러면 당분간 한국에 머무를 생각이십니까?"

"그렇다네. 자네와 할 이야기도 많고. 나는 평생 학문에 몰두하고 싶었다네. 정치나 그밖에 다른 것들을 신경 쓰기에는 시간이 부족했거든. 그러나 차츰 시간이 지나면서 내가 신경 쓰기 싫다고 해도 신경 쓸 수밖에 없는 것이 이 바닥의 생리라는 걸 깨달아지게 되더군."

"그럴 수밖에 없죠. 지킬 사람이 늘어나게 되니까요."

"그렇지. 여하튼 나는 당분간 호텔에서 머무르며 살 곳을 찾아볼 생각이라네. 그리고 한국에서 잠깐 일을 할까 생각하고 있네."

"어디든 교수님을 원하는 곳은 많을 겁니다. 아마 그게 여러모로 학부모들을 끌어들이는 데 도움이 되리라는 걸 알고 있을 테니까요."

"그래, 이 나라는 입시 경쟁이 꽤 치열한 편이었지. 여하튼 나중에 연락 주도록 하겠네. 그리고 저 여자는 되도록 빨리 돌려보내게나. 일루미나티에서 그 일을 심각하게 다루기 시작하면 골치 아픈 일이 생길지도 모르네."

건형이 고개를 끄덕였다.

충분히 가능할 법한 일이었다.

헨리 잭슨 교수가 돌아가고 난 뒤 건형은 루시아에게 다가갔다.

그녀는 천연덕스러운 얼굴로 건형을 바라보고 있었다.

건형은 곰곰이 생각에 잠겼다.

그녀를 어떻게 해야 할까.

일단 돌려보내야 했다.

그녀가 만약 고위직이라면?

일루미나티에서는 혈안이 돼서 그녀를 돌려받고자 할 것

이다.

그렇게 얽힐 바에는 그냥 돌려보내는 게 낫다.

지금 어쨌든 겉으로 볼 때 일루미나티와 자신은 평화협정 관계니까.

그것을 일루미나티가 먼저 어긴 것이지만 그들이 자신은 아무 관계가 없다고 이야기하면?

건형으로서도 할 말이 없게 되는 셈이다.

그렇지만 최소한 어느 정도의 보안 장치는 해 둘 필요가 있었다.

건형은 그녀의 기억을 지우기 위해 뇌 속에 접근하기 시작했다.

뇌의 구조가 3D처럼 떠올랐다.

기억을 담당하는 영역인 해마에 접근했다.

그리고 그녀의 기억에 손을 대기 시작했다.

그러나 강력한 보호막이 그 앞을 가로막았다.

어떻게든 뚫고 들어가려고 해도 그때마다 번번이 그것이 가로막혔다.

마치 이중삼중으로 처진 방화벽을 뚫고 들어가야 하는 해커의 심정이랄까.

건형은 계속해서 능력을 끌어올렸다. 그리고 천천히 그

리고 치열하게 그녀의 방화벽을 공략했다.

무척 어려웠지만 계속해서 공을 들이다 보니 조금씩 균열이 가기 시작했다.

그리고 마침내 건형은 그녀의 기억 속으로 들어가는 데 성공할 수 있었다.

그와 함께 건형은 그녀의 기억을 읽어 들이기 시작했다.

루시아의 기억이 건형의 기억 속에 서서히 흡수되었다.

그리고 건형은 그녀의 기억을 통해 일루미나티라는 단체에 대해 알 수 있었다.

루시아는 베네딕트 가문의 장녀로 후계자로 유력시되고 있었다.

그러나 그녀는 알비노 증후군으로 인해 제대로 바깥 활동을 할 수 없었고 그 때문에 가문에서 그녀의 입지는 상당히 좁았다.

특히 그녀의 배다른 여동생이 그녀를 대단히 질시했었다.

그렇지만 그녀에게는 남다른 재능이 있었다.

천재적인 두뇌, 탁월한 수 계산, 그리고 엄청난 신체 능력까지.

그러나 알비노 증후군 달리 말하면 백색증으로 인해 그녀는 여러 가지 문제를 안고 있었다.

시력.

알비노 증후군 환자가 으레 그렇듯 그녀도 실명에 가까운 상태였다. 멜라닌의 부족으로 인해 망막과 신경 연결이 제대로 발달하지 못해서 생긴 현상이었다.

또한 그녀는 햇빛을 볼 수 없었다. 피부가 약하기 때문에 태양광선을 직접적으로 쬘 수 없기 때문이었다.

게다가 피부암에 걸릴 확률이 대단히 높았다.

그런 그녀를 구해 준 게 바로 그랜드 마스터였다.

그랜드 마스터.

루시아의 기억을 더듬어 본 그는 대단히 이상한 인물이었다.

목소리는 삼십 대 초반에서 사십 대 중반 사이.

나이를 짐작할 수 없을 만큼 목소리의 구별이 가질 않았다.

그리고 루시아, 그녀마저 그를 직접적으로 본 적이 없었다.

항상 그는 두꺼운 로브를 뒤집어쓰고 있었고 얼굴을 가리고 있었다.

그렇다 보니 그녀의 기억을 헤집어도 특별한 것을 찾을 수는 없었다.

어쨌든 그랜드 마스터는 그녀를 회복시켰다. 그리고 그

녀의 질병을 완전히 치유했다.

단 하나 알비노 증후군을 제외하고.

그는 일부러 알비노 증후군을 치료하지 않았다.

그게 바로 그녀의 상징이라 봤기 때문이다.

루시아 역시 그것에 동의했고.

그리고 그녀는 치유가 되자마자 베네딕트 가문을 장악하기 시작했다.

그것에는 그랜드 마스터가 가장 큰 도움을 줬다.

배후에 있는 그랜드 마스터.

그의 존재는 엄청났고 베네딕트 가문의 원로들은 이렇다 할 반항도 못 한 채 전부 다 제거되거나 또는 유배에 처해졌다.

아예 가문에서 쫓겨난 것이었다.

그리고 가문의 패권을 장악한 게 바로 루시아.

그 후 그녀는 그랜드 마스터의 손에서 더 성장할 수 있었다.

인간의 한계를 벗어날 수 있게 된 것이다.

그 이후로 건형은 일루미나티의 규모에 대해서도 파악할 수 있었다.

그야말로 가공할 정도로 커다란 집단이었다.

그리고 그녀는 개중에서 외교협의회라고 불리는 CFR의 수장이기도 했다.

또한 그랜드 마스터의 오른팔이기도 했다.

그야말로 막강한 영향력을 가지고 있다는 의미.

게다가 그녀는 삼각위원회의 일인이기도 했다.

지난번 자신을 찾아온 아담 록펠러.

그와 동급의 위치라는 이야기였다.

그녀의 기억을 들여다보면서 건형이 지혁에게 말했다.

"아담 록펠러와 같아요."

"응? 그게 무슨 말이야?"

"이 여자, 삼각위원회의 일인이에요."

"삼각위원회라면 일루미나티의 최정점에 위치해 있는 조직 아니었어? 그중 한 명이라고?"

"네. 저도 그럴 줄은 몰랐는데…… 생각외로 너무 거물이네요."

"그런데도 불구하고 너한테 보냈다는 거지? 이해할 수가 없네."

"그러게요. 음, 빨리 돌려보내는 게 나을 거 같아요. 데리고 있어 봤자 오히려 해만 될 게 뻔해요. 그렇다고 해서 그녀를 가둘 수도 없고요. 지금 제 입장에서 일루미나티와

정면으로 부딪치는 건 자살 행위나 마찬가지니까요."

"로얄 클럽의 힘을 빌리는 건 어때?"

"그들도 일루미나티와 다를 게 없어요. 어차피 그들과 힘을 합친다고 해 봤자 그들이 제게 원하는 건 총알받이 역할일 거예요. 차라리 제가 사사롭게 동원할 수 있는 저만의 세력을 만들어 둬야만 해요. 일루미나티만큼 키우는 건 어렵겠지만 어쩔 수 없죠. 그리고 하나 더, 태원 그룹이 그 교두보가 될 거예요."

"그러고 보니 정 회장님이 너를 구조조정 본부에 앉히려고 한다는 이야기는 들었다. 태원 그룹을 살리려고 하는 거냐?"

"예, 다른 그룹은 이미 늦었어요. 외국 자본에 너무 침식당한 상태예요. 그리고 그들 중 대부분은 일루미나티의 손아귀에 들어가 있는 거고요. 그러니까 일루미나티가 크게 걱정을 하지 않는 거죠. 제가 돈으로 그 그룹의 주식을 사려고 한들 일루미나티가 안 팔면 제가 할 수 있는 일은 없는 거니까요."

"그렇겠지."

손발이 꽁꽁 묶인 상황.

그만큼 적은 거대했다.

상대하기 까다로웠다.

어쩔 수 없는 일이었다.

그리고 이미 건형으로서는 그것을 염두에 두고 있던 상황이었다.

앞으로 자신이 헤쳐 나갈 길이 쉽지 않으리라는 것을.

그렇지만 걱정하진 않았다.

그의 곁에는 좋은 사람들이 많이 있었다.

자신 못지않은 천재인 데다가 IT 계열만큼은 자신보다 더 경험이 풍부하고 탁월한 재능을 갖고 있는 지혁이 있었고 헨리 잭슨 교수와 그의 배후에 있는 르네상스라는 집단도 있었다.

학자들이 여럿 모인 집단이겠지만 그들 역시 무시할 수 없었다.

펜이 칼을 이길 수 있는 법이니까.

그 밖에도 태원 그룹이 있었다.

국내에서 세 손가락 안에 드는 대기업.

지금은 약해졌고 병들었지만 그들을 잘만 치료할 수 있다면?

보다 더 나은 발판을 만들 수 있을 터였다.

그렇게 건형이 다시 한 번 다짐할 때였다.

지혁이 건형을 불렀다.

"루시아는 어떻게 할 거야?"

"내일 돌려보내려고요. 일단 한국에 들어온 이후의 기억은 전부 다 없앴어요. 그리고 가짜 기억을 심어뒀어요. 저를 감시하면서 제가 힘을 잃었다고 그들이 생각하게끔 바꿔놨어요. 부작용은 아마 없을 거예요."

"그래? 또 부작용이 생기는 건 아니겠지?"

"그건 아닐 거예요."

건형이 멋쩍게 웃어 보였다.

그러나 그 역시 알 수 없는 일이었다.

아직 건형은 자신의 능력을 제대로 컨트롤하고 있지 못했으니까.

그때였다.

탈진한 루시아를 침대에 눕혀 놓고 나오자 지혁이 건형을 바라보며 말했다.

"지금 시간 되지?"

"예, 가능하죠. 무슨 일 있어요?"

"너한테 보여 줄 게 하나 있어."

"그게 뭔데요?"

"음, 여기서 꽤 먼데. 루시아 혼자 놔두고 갔다 와도 되겠지?"

"그럼요. 아마 당장은 못 일어날 거예요. 뇌를 건드렸기 때문에 그만큼 회복하는 데 시간이 꽤 필요하거든요. 그보다 도대체 보여 줄 게 뭔데 그래요?"

"따라와 보면 알 수 있어."

지혁은 차를 몰고 꽤 오랜 시간 움직이기 시작했다.

서울을 벗어나서 서울 근교 지역을 지나쳐 지방으로 이동했다.

지혁을 뒤쫓아가면서 건형이 의아한 얼굴로 물었다.

"도대체 뭘 어디다가 짱박아 둔 거예요?"

"다 왔어."

얼마 뒤 지혁이 도착한 곳은 충청도 인근의 야산이었다.

사람도 살지 않는 을씨년스러운 곳.

주변은 평평했고 그 뒤로 얕은 동산 같은 게 하나 있었다.

딱히 뭘 찾아보고 싶어도 찾아볼 수 없는 곳.

도대체 이곳에 무엇을 만들어 둔 걸까.

그때였다.

쿠쿠쿵—

요란한 소리와 함께 야산 아래 평평하던 땅이 꺼지기 시작했다.

"형, 이게 뭐예요?"

"들어가 보면 알게 되어 있어."

자동차가 서서히 지반 아래로 들어갔다.

그리고 한참이나 움직인 끝에 커다란 공간이 눈에 들어왔다.

그곳에는 수많은 컴퓨터가 이리저리 설치되어 있었다. 또 한쪽에는 저장 장치와 첨단 설비들이 갖춰진 채 맹렬하게 돌아가는 중이었다.

"도대체 여긴 어디예요?"

"내 비밀 아지트. 여기에서 정보를 주로 모아서 분석하곤 하거든."

"하, 규모가 장난 아니네요."

"그럼. 여기에 쏟아붓는 돈이 얼만데. 그리고 이번에 개발이 성공한 게 하나 있어."

건형이 지혁을 바라봤다.

자신은 후천적인 천재지만 지혁은 그야말로 진정한 선천적인 천재였다.

특히 IT나 소프트웨어 이쪽 분야만큼은 건형도 그와 비교해볼 때 뒤처지는 게 많았다.

"자, 이거 봐라."

지혁이 무언가를 가리켰다.

대형 화면에서는 무언가가 나타났다가 사라지길 반복하고 있었다.

그 화면에 나타나 있는 건 서울이었는데 지도 곳곳에 수십 개의 시그널이 이리저리 왔다 갔다하고 있는 것이었다.

"이건……."

"통신 서버를 해킹한 거야. 각 기지국에서 오고 가는 내용을 붙잡을 수 있게 한 거지."

"통신 서버를요?"

"응. 이걸로 국내만큼은 무슨 이야기를 주고받는지 확실하게 알아낼 수 있게 됐다고 할 수 있지."

영화에서나 나올 법한 장치였다.

통신 서버를 해킹해서 사람들이 서로 주고받는 대화를 감시할 수 있는 것이다.

이것이라면 어떤 사람이 누구와 무슨 대화를 나누는지 분명하게 파악할 수 있게 됐다고 봐야 했다.

"이게 우리의 힘이 되어 줄 거다. 그런데 이름은 네가 붙이는 게 나을 듯해서."

"이름…… 아르고스라고 부르죠."

백 개의 눈을 가진 거인.

그리스 신화 속에 등장하는 거인으로 강력한 힘과 함께

잠을 거의 자지 않은 채 모든 걸 감시한다고 알려져 있다.

이것은 그 이름이 가장 잘 어울렸다.

"좋네. 나도 내심 그걸 생각하고 있었는데."

아르고스.

이것이야말로 건형에게 가장 큰 힘이 되어 줄 터였다.

이튿날 건형은 루시아를 미국으로 돌려보냈다.

그리고 그녀가 미국에 도착할 때쯤 다시 이지를 되찾게 해 놨다.

그것은 어려운 일이 아니었다.

이미 그는 뇌를 확실히 컨트롤할 수 있는 능력을 얻게 된 상태였다.

전뇌력.

그것이 건형의 손아귀에 있는 이상 충분히 가능한 일이었다.

그리고 난 다음 건형은 태원 그룹의 정 회장을 만나기로 했다.

그와 나눠야 할 이야기가 있었다.

구조조정 본부에 관한 것이었다.

한편 그룹 플뢰르 같은 경우 본격적으로 정규 3집 활동을 하기 시작했다.

반응은 폭발적이었다.

이미 각종 음원 사이트 1위를 차지했고 사람들로부터 큰 사랑을 받고 있었다.

다른 걸그룹들이 섹시 컨셉으로 승부하는 반면 플뢰르는 노선을 아예 갈아탔다.

그리고 가창력을 내세워서 힐링 음악을 컨셉으로 내세웠다.

사람들의 마음을 치유할 수 있는 음악.

그리고 그 중심에는 지현이 있었다.

지현에게 부여한 그 재능이 지현의 능력을 한껏 증폭시켰고 개중에서 특히 사람의 마음을 움직일 수 있는 힘을 가지게 된 것이었다.

지금은 목소리에 그 힘이 실려 있었지만 나중에는 목소리 말고 다른 식으로도 그 능력을 구현하는 게 충분히 가능해질 수 있었다.

어쨌든 플뢰르는 연일 상승세를 기록하며 드림 엔터테인먼트나 에스프레야 엔터테인먼트가 그 경쟁상대로 내세운 걸그룹들을 무참하게 박살 냈다.

그야말로 플뢰르 그리고 지현의 독주가 한동안 이어지게

된 셈이었다.

덕분에 지현은 눈코 뜰 새 없이 바빠졌고 하루가 멀다 하고 각종 스케줄을 소화해야 했다.

그나마 건형이 그녀들에게 편의를 봐줄 것을 요구했기에 망정이지 안 그랬으면 24시간이 모자를 정도로 바쁘게 움직였을 터였다.

그러는 동안 건형은 태원 그룹의 정용후 회장을 만나게 됐다.

그가 만난 건 루시아가 한국을 떠나 미국 워싱턴 D.C에 도착했을 무렵이었다.

미국에 도착한 루시아는 건형의 암시에 맞춰 이지를 되찾았다.

기억이 혼란스러웠다.

분명히 골드코스트에서 건형을 죽이려고 했던 건 기억이 나지만 그 이후의 일이 어두컴컴했다.

그러나 한 가지는 분명했다.

그가 매우 강력하다는 것.

그랜드 마스터가 염려할 정도로.

그렇지만 이 사실을 그랜드 마스터한테 이야기하고 싶은

생각은 없었다.

그녀한테 그랜드 마스터는 은인이었고 혈족이나 마찬가지였다. 즉 그녀의 마음을 확고하게 잡고 있는 단 하나뿐인 사람이었다.

그런데 점점 더 마음속에 다른 존재가 자리 잡고 있었다.

어째서일까.

그랜드 마스터는 그자가 일루미나티의 존폐를 좌지우지할 수 있을 정도로 위험한 사람이라고 했었는데 말이다.

그녀로서도 종잡을 수 없는 자신의 마음을 어떻게 해야 할지 알 수 없었다.

그냥 지금으로써는 머리가 여러모로 복잡할 뿐이었다.

한편 건형은 태원 그룹의 회장 정용후를 마주했다.

건형이 그를 만난 곳은 리츠 칼튼 호텔이었다.

그런데 이번에 정지수는 같이 오지 않은 듯했다.

건형이 주변을 두리번거리자 정용후 회장이 웃으며 물었다.

"내 손녀한테 관심이 있나?"

"아닙니다."

"그런데 뭘 그렇게 두리번거리나?"

"이번에도 데려오실 거라고 생각했습니다."

"하하, 그렇군. 그 녀석은 요새 여러 가지로 바빠서 말이야. 지금도 야근 중일 것일세."

"신기하군요. 손녀를 그렇게 아끼신다면서 가장 힘든 부서에 두셨으니까요."

"……나는 꽤 고생을 많이 해서 내 자식만큼은 고생을 시키기 싫었다네."

태원 그룹의 정용후 회장.

그는 어린 시절 고생을 많이 했다. 그의 아버지가 독립군 자금에 많은 도움을 줘서였다.

그리고 정용후 회장.

그 역시 많은 도움을 줬다.

그러느라 정작 자신을 챙기지는 못했다.

아마 그의 아버지도 마찬가지였을 것이다.

그렇다 보니 자신의 자식만큼은 번듯하게 키우고 싶었을 것이다. 그리고 고생을 시키는 것도 탐탁지 않게 생각했을 테고.

그러나 그것은 잘못된 생각이었다.

"휴, 그게 내 오판이라는 걸 깨달은 건 그 녀석들이 다 장성하고 나서였어. 능력은 없으면서 욕심만 많은 괴물들을 내가 키워 낸 거지. 그래서 지수만큼은 그렇게 만들지 않으려고 일부러 그 부서에 집어넣은 거야. 거기 다니다 보면 여러모로 배우는 게 많을 테니까."

"잘하신 선택이십니다."

"그래, 생각은 해 봤나? 휴양지에 가서 체스 대회에 참가까지 했더군."

"아, 어쩌다 보니 그렇게 됐습니다."

"슈퍼 컴퓨터를 상대로 승리를 거머쥐었다고? 그래서 받은 상금이 2천만 달러라고 했던가? 하하, 이거 우리 회사에 들어와 달라고 할 수 없게 생겼어. 그렇게 돈이 많은데 굳이 그런 생고생을 하게 할 수 없을 테니 말이야."

"아닙니다. 돈이 많기는요."

"응? 그 정도면 충분히 많은 거지. 다른 사람이 들으면 기겁을 하겠군."

"혼자 산다면 그렇겠지만 그럴 수 없으니까요."

막중한 책무를 지게 됐다.

그리고 이 책무를 저버릴 수도 없다.

아버지의 유지가 담겨 있기 때문이다.

그렇기 때문에 건형은 온 힘을 다해서 부딪칠 생각이었다.

"무거운 짐을 지고 있군. 성철이 남긴 짐인 건가?"

"그렇다고 할 수 있겠네요. 정말 제게 큰 빚을 남기고 가셨죠. 평생 갚을 수 없는 그런 빚을요."

"사채업자한테 진 빚은 아니겠지?"

"글쎄요. 그럴지도 모르겠네요."

"허허, 얼마나 되길래 그러는 건가?"

"돈으로 헤아릴 수 없을 만큼 큰 빚이라서요. 회장님께서도 갚아 줄 수 없는 그런 빚입니다."

"하하, 그런가? 여태 내가 돈이 없어서 아쉬워한 적은 없었는데 말이야. 막상 그런 이야기를 들으니까 돈이 얼마 없다는 게 여러모로 서운하기 이를 데 없구먼."

"……그보다 본론으로 들어가시죠."

"그래, 그렇게 하지. 일단 나는 자네를 구조조정 본부 차장으로 임명할 생각이네. 자네도 대주주이다 보니 감투를 씌어 주는 것에 대해 불만이 나오진 않을 거야."

"불만은 나오게 되어 있을 겁니다. 아직 대학교도 졸업하지 않은 애송이가 구조조정 본부 차장이 되었다고 생각해 보시죠."

"물론 그렇겠지. 그러나 그 상황에 내가 개입한다고 한들 오히려 반발만 더 커질 거야. 그럴 바에는 자네가 자네 능력을 입증하면 간단하게 해결되지 않겠나?"

"그건 그렇지만…… 그게 쉬운 일은 아니죠."

"하하, 자네가 그렇게 약한 소리를 할 줄은 몰랐군."

"저 가진 거 별로 없습니다. 회장님께서 많이 도와주셔야 합니다."

"휴, 어쨌든 구조조정 본부로 들어가게 되면 여러모로 갑갑할 거야. 각 팀 팀장들이 하나같이 만만치 않은 자들이니까 말이야."

구조조정 본부는 크게 여섯 가지로 나뉘어져 있다.

구조조정 본부의 본부장이 있고 실질적으로 모든 대소사를 처리하는 실무진이라고 볼 수 있는 차장이 있다.

기존 구조조정 본부의 본부장은 부회장인 정찬수가 맡고 있었다.

그는 정용후 회장의 셋째 동생으로 야심 많은 전형적인 책략가다.

그 아래에는 법무실, 재무팀, 경영 진단팀, 기획팀, 홍보팀, 인력팀이 있는데 이 조직은 태원 그룹 계열사의 사장들이 주로 맡고 있었다.

건형이 들어갈 자리는 구조조정 본부 차장으로 모든 실권을 거머쥐고 있는 위치다.

그 자리는 구조조정 본부 본부장인 정찬수 부회장마저

쉽게 건드릴 수 없는 위치이기도 했다.

정용후 회장이 건형을 바라봤다.

이 정도 위치면 그로서는 자신이 해 줄 수 있는 모든 걸 해 주고 있는 것이나 마찬가지였다.

이제 결정은 그에게 넘어갔다.

건형은 여기서 무슨 선택을 할 것인가.

그때였다.

건형이 입을 열었다.

"지금 구조조정 본부는 너무 비대합니다."

"비대하다고?"

"예. 구조조정 본부를 개혁할 필요가 있습니다."

정용후 회장은 혀를 찼다.

'그룹을 개혁한다고 하더니 구조조정 본부가 그 첫 시작 인 것인가?'

그러나 일단 그의 이야기를 들어볼 필요가 있었다.

"계속 말해 보게."

"지금 태원 그룹은 너무 방만하게 운영되고 있습니다. 그리고 각 계열사를 지나치게 종속시키고 있죠. 그렇게 해 봤자 반발만 더 커질 뿐입니다. 계열사를 적당하게 풀어 주 면서 그들 스스로 책임을 지게 해야 합니다. 더 이상 그룹에서 그들을 일일이 책임져서는 안 된다는 이야기입니다. 그래서 축소를 시키고자 합니다."

"그러면 어떻게 해야 한다고 보나?"

"일단 전략 기획실로 이름을 바꿀 생각입니다. 법무실은 회장님 직속 기구로 옮깁니다."

"전략 기획실이라……."

"인원도 축소할 것입니다. 남은 인원은 회장님께서 자리를 알아봐 주셔야 할 겁니다."

"그 정도는 어렵지 않을 일이지. 그 사람들이 조금 아쉬워하겠지만."

"또한 정찬수 부회장님은 전략 기획실에 있게 해서는 안 됩니다."

"그러면?"

"다른 계열사를 맡기셔야겠죠. 회장 자리를 내주실 수는 없지 않습니까?"

"허허, 그건 아직 찬후한테 이르지."

정찬수 부회장의 나이도 예순이다.

그럼에도 불구하고 정용후 회장은 자신의 자리를 내어 줄 생각이 없었다.

하이에나 같이 굶주려 있는 혈족에게 이 태원 그룹을 넘기느니 죽는 한이 있더라도 끝까지 그것을 가져갈 생각이었다.

"전략 기획실은 크게 세 조직으로 나눌 생각입니다. 전략지원팀, 기획홍보팀 그리고 인사지원팀입니다. 정지수 제2팀 팀장은 전략지원팀으로 옮기면 되겠군요. 그렇게 방만해진 운영을 축소한 다음 그룹 전체적으로 개혁을 진행할 생각입니다. 그러기 위해서는 제게 전권을 부여해 주셔야 합니다."

"그러면 기존에 구조조정 본부 자리를 차지하고 있던 다른 계열사 사장들은……."

"사장단 협의회를 새로 두십시오. 그리고 계열사 사장님들을 그 자리에 묶으시면 됩니다. 그리고 법무실 또한 사장단 협의회와 함께 묶으셔야 합니다. 그 사장단 협의회는 회장님이 장악해야 하고요."

"그러도록 하지. 또 내가 해 줘야 할 일이 있는가?"

"그밖에는 없습니다. 아, 정부에서 트집 잡을 일이 많을 겁니다. 정확히 이야기하면."

"강해찬 국회의원을 말하는 것이군."

"예. 그는 지금 저를 눈엣가시처럼 생각하고 있으니까요."

"걱정하지 말게. 그건 내가 처리하도록 하지."

"회장님도 타겟이 되어 있을 겁니다."

"괜찮네. 그러면 태원 그룹을 부탁하겠네."

"예."

건형이 고개를 끄덕였다.

정용후 회장이 웃으며 손을 내밀었다.

일흔 살이 넘은 정용후 회장의 손은 고목나무처럼 딱딱하고 군데군데 균열이 가 있었다.

자수성가한 사람의 손이다.

또한 힘이 느껴진다.

오랜 시간 고생한 것이 와닿는다.

이런 사람이 평생을 일군 역작이다.

건형은 반드시 태원 그룹을 되살리겠다고 마음먹었다. 그리고 그것은 자신에게도 반드시 필요한 일이었다.

며칠 뒤 재계에 파격 인사가 단행됐다.

태원 그룹의 정용후 회장이 기지개를 켜며 용트림을 했다.

그는 구조조정 본부를 없앤다고 공식 발표했다.

그 대신 사장단 협의회를 만들어서 회장 아래 직속 기구로 두겠다고 이야기했다.

사장단 협의회는 각 계열사 사장들이 경영상 중요한 의

사 결정을 할 수 있는 곳으로 기존의 구조조정 본부 중 일부를 떼어 온 곳이었다.

또한 구조조정 본부에 속해 있던 법무실 역시 사장단 협의회 아래로 들어가며 회장에게 강력한 힘이 실리게 됐다.

그러는 한편 구조조정 본부는 전략 기획실로 개편이 됐다.

구조조정 본부 전략기획팀 제2팀장이었던 지수 역시 전략 기획실 소속 전략지원팀 제2팀장으로 발령이 났다.

지수는 이번 일을 꾀한 것이 건형임을 단번에 알 수 있었다.

이미 회사는 뒤숭숭해진 상태였다.

기존 구조조정 본부가 개편되며 예순 명 가까이 인원이 감축됐고 그들 모두 계열사로 뿔뿔이 흩어졌기 때문이다.

그런데 감축된 인원들이 갖고 있는 공통점이 하나 있었는데 각 계열사와 밀접하게 닿아 있거나 혹은 정찬수 부회장의 세력이었다는 점이었다.

물론 이건 밝혀지지 않았지만.

그렇게 전략 기획실이 신설되고 귀추는 누가 이 전략 기획실의 수장이 되느냐에 쏠리게 됐다.

그러나 정찬수 부회장은 사장단 협의회의 부회장으로 자리를 옮긴 상태였다.

                    *   *   *

　정찬수 부회장이 겸임을 할지 아니면 사내에서 다른 사
람을 올릴지 갑론을박이 이뤄지고 있을 때였다.
　사내게시판은 물론 인트라넷에도 공고가 떴다.

전략 기획실장 내정자 박건형.

　신임 전략 기획실장은 외부인사였다.
　회사 직원들이 수군거리기 시작했다.
　"그 퀴즈쇼에 나온 그 사람 아니야?"
　"걸그룹 플뢰르 리더 남자친구?"
　"레브 엔터테인먼트 이사라던데?"
　"그 사람이 우리 회사는 왜?"
　"경영은 아는 건가?"
　"말도 안 돼. 회사 말아먹는 거 아니야?"
　"다른 데 이직을 고려해 봐야 하나?"
　온갖 잡음이 일어나고 있을 때.
　월요일 아침.

깔끔한 슈트를 갖춰 입은 한 사내가 태원 그룹 본사 안에 발걸음을 들여놓았다.

그는 주변을 둘러보며 입가에 미소를 그렸다.

'이곳이 태원이구나.'

건물을 둘러보다가 프런트로 다가간 사내는 자연스럽게 인사를 건네며 말했다.

"전략 기획실은 몇 층에 있죠?"

"십칠 층인데 사원증이 있어야 들어가실 수 있습니다."

"아, 제 사원증이 아마 데스크에 맡겨져 있을 텐데 찾아 봐 주시겠어요?"

프런트 여직원이 고개를 끄덕이며 물었다.

"실례지만 성함이 어떻게 되시죠?"

"저는 박건형이라고 합니다."

그녀가 눈을 휘둥그레 뜨며 건형을 바라봤다.

젊고 잘생긴 사내.

키도 크고 훤칠할뿐더러 입가에는 여유가 넘치고 있다.

이 사람이 회사에서 화제가 되고 있는 그 사람인 모양이었다.

이번에 전략 기획실 실장으로 내정받은 바로 그 사람인 것이다.

태원 그룹의 대주주이자 그룹의 전권을 위임받은 사내.

자연스럽게 가슴이 두근두근거렸다.

만약 그의 호감을 살 수 있다면?

그야말로 인생 대역전이니까.

그러나 건형은 여직원한테는 아무 관심도 없었다.

오로지 그가 바라보고 있는 건 하나.

태원 그룹이었다.

"여기 사원증이요."

"감사합니다."

건형은 사원증을 목에 걸고 안으로 성큼 발을 내디뎠다.

드디어 건형이 태원에 첫 발걸음을 내디딘 것이었다.

그리고 그것은 태원의 개혁을 알리는 신호탄이기도 했다.

〈다음 권에 계속〉

DREAMBOOKS ★

DREAMBOOKS ★

DREAMBOOKS ★

DREAMBOOKS ★